林鷺、陳秀珍、楊淇竹 編

詩想少年

序文：緣起

林鷺

一件事情的發生，總有因緣巧合來促成。《詩想少年》的發想，來自當初《笠詩刊》曾經由長期寫作兒童詩的詩人蔡榮勇，負責策劃過一系列的【兒童詩專輯】以後，積極培植後進的前輩詩人李魁賢，提議繼續策劃一系列具有延續性的作品，來供青少年閱讀。初步構想經由主編李昌憲同意，首選十位詩人各三首適合青少年閱讀的詩作，委由創作力處於爆發期的年輕同仁陳秀珍、楊淇竹和我操刀，書寫每首詩大約五百字上下的賞析文。

十位詩人的作品與導讀短文，先後在《笠詩刊》分成五期刊載，後來因為國際詩歌交流忙碌的原因，《詩想少年》停頓下來。最近，前進五大洲的李魁賢前輩，有鑒於詩一直都是一國文化不可忽視的重要元素，國際間對於青少年詩的教育也總是不遺餘力，各國愛好詩的風氣其實十分普遍；反觀我國現況，確實望塵莫及。他於是建議增添一些詩人及新秀的作品，匯同前十名詩人的創作，將總計十八位詩人作品的賞析文章集結出版，以利各方青少年欣賞閱讀，並藉此推廣詩的教育，紮根我國青少年對於詩欣賞的能力，啟發詩創作的風氣。

目次

林豐明作品

莊紫蓉作品

郭成義作品

利玉芳作品

李昌憲作品

蔡榮勇作品

謝碧修作品

林鷺作品

李魁賢作品

李魁賢，1937年生。曾任臺灣筆會會長和國家文化藝術基金會董事長，現任世界詩人運動組織副會長，福爾摩莎國際詩歌節策劃人。出版《李魁賢詩集》6冊、《李魁賢文集》10冊、《李魁賢譯詩集》8冊、《歐洲經典詩選》25冊、《名流詩叢》38冊等。詩集《黃昏時刻》已有英文、蒙古文、羅馬尼亞文、俄文、西班牙文、法文、韓文、孟加拉文、阿爾巴尼亞文、土耳其文、馬其頓文、德文、塞爾維亞文、阿拉伯文等譯本。獲吳濁流新詩獎、巫永福文學評論獎、榮後臺灣詩獎、賴和文學獎、行政院文化獎、吳三連獎新詩獎、真理大學臺灣文學家牛津獎、臺灣國家文藝獎，以及許多國際獎項。

鸚鵡

「主人對我好！」
主人只教我這一句話

「主人對我好！」
我從早到晚學會了這一句話

遇到客人來的時候
我就大聲說：
「主人對我好！」

主人高興了
給我好吃好喝
客人也很高興
稱讚我乖巧

主人有時也會
得意地對我說：
「有什麼話你儘管說。」

我還是重複著：
「主人對我好！」

賞析／林鷺

李魁賢這首〈鸚鵡〉表面上似乎只用簡短的語言，述說一隻鸚鵡與飼主之間極為日常的關係，卻讓讀者的腦海置入一幅人與鸚鵡互動的圖像，自然興發一股想要探究詩人創作的動機，與背後所要傳達的意圖。

說到鸚鵡就讓人想到一句「鸚鵡學舌」的成語。這種因為學人語而能討好主人的鳥類，基本上說的還是主人要牠說的話語，因此這首詩的奧妙就在主人只教牠一句「主人對我好！」

為了得到主人「好吃好喝」的獎賞，這隻被豢養而沒有「自主性」的鸚鵡，樂得奉承主人的歡心，關係基本上建立在「主從」雙方各取所需的對價上。然而，讓人比較關心的是：鸚鵡是否懂得自我思考？這個問題的答案從主人龍心大喜時，也會故意釋放權力，要鸚鵡「有什麼話你儘管說。」關鍵就在第一人稱自述的鸚鵡，給讀者的答案是：我還是重複著：「主人對我好！」這證明鸚鵡是有思考能力的。牠判斷主人的善意，不過是出自對於「忠誠度」的試探，只是牠寧可選擇向安適的利益機伶的妥協。

這首詩可以看做諷刺，也可以當做提醒，放在不同的時空環境，與不同的人我關係，都具有恆常激發思考的價值。詩人即便沒有明著鼓吹反抗，卻成功讓讀者思索：面對人強我弱的處境時，我們是否有勇氣做自己，或者只求因循度日，飽食苟活？

2018/4/21

島嶼臺灣

你從白緞的波浪中
以海島呈現

黑髮的密林
飄盪著縈懷的思念
潔白細柔的沙灘
留有無數貝殼的吻

從空中鳥瞰
被你呈現肌理的美吸引
急切降落到你身上

你是太平洋上的
美人魚
我永恆故鄉的座標

賞析／楊淇竹

可以想像臺灣嗎？這島國，我們所身處地域，詩人眼裡代表什麼樣的意義？如果是你，會怎麼描繪呢？

以「島嶼臺灣」為題，即知道詩是為臺灣而寫，依循詩的腳步，首段破題，形體逐一明朗，島的型態突顯地域上的特殊，臺灣就在海域上浮出，也暗示在世界版圖上出現。

接著，第二、三段抒發對島國的記憶，從「思念」展開，密林裡藏有牽掛，沙灘上散布吻痕，這些流露情感的用詞，烘托出美麗的印象，再以鳥飛行的俯瞰姿態，觀看島國地理，山脈走勢具象訴說美的型態，讓人流連。

最終，詩人把臺灣比喻為美人魚，延續先前「美麗」鋪陳，島嶼成為童話美人魚的象徵。美人魚也與島國地理、形狀相連，透過層層抒發，此地便是李魁賢的「故鄉」。

語言簡單，隱喻淺白，卻蘊含深意。內容方面，〈島嶼臺灣〉精簡地圍繞在臺灣想像的空間上，這美麗不假他方，使用海洋海岸來構成島國美麗。詩運用原本土生在此的林木、貝殼、波浪呈現，可以聯想至李魁賢深愛自己的土地與故鄉，並且美麗不虛幻，眼前所及空間，再賦予情感，既有記憶融合現實；臺灣，我們居住的地方，栩栩如生。如美人魚的臺灣，是否會讓你讀後留下如童話王國般美妙的印象呢？

有鳥飛過

六歲的小孩
在車上一再叮嚀
前面有鳥飛過
小心不要撞到

等一下又說
有蝴蝶
小心蝴蝶
不要撞到

我說放心啦
看到螞蟻
我也會停車
讓螞蟻慢慢走過

還有細菌呢
他有些憂心地說
還有細菌呢
怎麼辦

賞析／陳秀珍

六歲孩童事事想到萬物。成人開車，他坐在車上，卻一再擔心會撞上沿途所見飛鳥、蝴蝶，細菌。結尾令人莞爾，甚至喚醒成人心中沉睡已久的童心。

整首詩像一齣短劇，充滿成人與小孩自然流暢的對話。成人，常常不自覺以扭曲的觀念要「導正」孩童，詩中卻是小孩一再提醒成人要「看見」飛鳥，要尊重蝴蝶、細菌的生命；詩中成人也難能可貴以愛心安撫孩童，使孩童得以一路安心。

對於孩童，蟲魚鳥獸都是可親可愛可敬的朋友，他們會跟著小鳥快樂唱歌跳舞，會為蝴蝶斷了翅膀流淚，會為被踩死的螞蟻悲傷，會為死亡的小貓舉行葬禮。

在寫作技巧上，詩中描寫的生物由大而小，由高等至低等，依序為小鳥、蝴蝶、螞蟻、細菌；而細菌甚至並非肉眼可見，惟有小孩慈悲之心看得見。很多成人何止看不見細菌、螞蟻、蝴蝶、小鳥，有時候甚至還會「目中無人」哩！現在只要我騎上腳踏車，都會想起這首詩的對話，希望我的腳踏車不會撞到飛鳥蝴蝶，不要輾到小小螞蟻！

充滿天真童趣的話語，展現了真、善、美，誰敢說孩童不是詩人、不是成人的導師呢？時光流逝，切記把童心留下，莫讓童心像飛過童年天空的鳥一去不返！

2018/04/06

喬林作品

喬林，1943年生於臺北雙溪。曾任職退輔會橫貫公路森林開發處，及榮民工程公司處業務副處長，2004年於任上退休。

1966年曾獲首屆全國優秀青年詩人獎。出版詩集有：《基督的臉》、《狩獵》、《布農族》、《文具群及其他》、《喬林短詩選》及《臺灣詩人群像——喬林詩集》。

火星孩子

有個孩子
骨架上撐的是物質文明
有肥有瘦
嘴巴冒著
火星文

他沒有內臟
消化系統　血液系統
呼吸系統　神經系統
都安裝在電腦的軟硬體上
他的十指
在虛空的空氣中
不斷地敲打鍵盤
他的明天就是今天
他的國家的國土就是
他坐的地方

賞析／林鷺

隨著資訊科技的突飛猛進，人類的生活方式自然也跟著快速改變，這種改變讓世代與世代之間的轉換率加快，使得舊世代與新世代，不論是思想觀念，或生活模式，都產生極大的落差與疏離感。站在詩作反映時代的角度，這首〈火星人〉恰可歸類為上述背景的興發之作。

詩的主角雖然以「有個孩子」來開場，實則指的是一群生活在當今的青少年們。這些孩子們不論長得是肥是瘦，個個都生活在物質文明當道的社會中，嘴裡說的是新世代發明的新語文，這種語文顯然並不被父母長輩所理解，因此，這些成天與電腦為伍的年輕人，在他們的眼裡，彷彿就像外太空來的怪異火星人。

火星人基本上缺少人類身體該有的各種系統，所以詩人諷刺新世代的孩子，日以繼夜把整個自己投入缺乏人性的電腦世界，實則等於喪失了一個正常人該有的身心運作，而詩最後的「他的國家的國土就是／他坐的地方」想必人人都有足夠意味的感受。

電腦與手機的發明，的確為人類帶來生活的諸多便利，但也讓許多人因此忘記畢竟還有親人需要互動；走出外面，世界還有藍天碧海、高山大地等著大家不去辜負上帝創造萬物的美意。

身分

晾在後院曬衣架上的身分
一直未乾　因此
出門時必須穿上
另一件身分

陰雨、冷空氣
是來自北京的高氣壓
空氣一片污濁
是來自北京的沙塵暴

居住在這關鍵性的
海域中的小島
就必須常常換穿不同的身分
清國的、日本的
中國的、中華民國的
還有裡面一件僅夠體溫的
美國的汗衫

賞析／陳秀珍

身分標誌個人在人倫中的位置。

家庭裡，有祖父、祖母、父親、母親、兄、弟、姊、妹……等。一個人通常兼具多重身分。社會上，有教師、農夫、警察、水電工、畫家……等各種行業。公司裡面，又有董事長、經理、職員……等級別。

演員在角色扮演中，會因應劇情轉換身分，換上不同戲服。騙子基於騙財騙色或其他目的，也常換上不屬於自己的身分來惑人眼目，演出騙人的劇情。

這首詩旨在探討「身分」的問題。由第一段可知，晾在後院曬衣架上的身分，才是出門時必須穿著，作為識別證的衣服，卻因「一直未乾」，以致不得不穿上另一件身分。

第二段，說明那件必須穿上的身分「一直未乾」的原因，「是來自北京的高氣壓」，使得本地陰雨不斷。高氣壓用來隱喻中國種種文攻武嚇的壓制手段。

第三段，小島指臺灣。小島居於世界重要的地位，卻因政治與歷史的荒謬，長久以來被穿上各種不適合的身分。過於寬鬆的衣服令人不舒服，過於狹窄的衣服則讓人感到窒息。清國的、日本的、中國的、中華民國的衣服，都不符合臺灣的身材，沒有一件是屬於臺灣的身分！硬被套上奇怪的衣服，名字被野心家決定，歷史被抹黑被扭曲，實在是無奈又悲哀！

鉛筆盒

愛有千百種
我只有一種

那是當鉛筆灰頭灰臉
在外面奔波回來之後
我打開了我的身體
整個的包容他

那是當橡皮擦滿身創傷
在外頭碰到很多錯字
我打開了我的身體
整個的包容他

還有一些被作為工具的
在被使用之後
我打開了我的身體
整個的包容他

愛　我只有一種
雖然愛有千萬種

賞析／楊淇竹

擬人化的鉛筆盒，把鉛筆、工具互動描述為一種愛的表現。

詩的內容講述主題簡單，就是鉛筆盒。這被學生隨身攜帶的物品，代表意義為何？你是否在簡單的事物中，發現它們具有其他功能呢？

詩的開始，從形式中強調鉛筆盒具有唯一的愛。愛的形式複雜反襯單一獨特，為稀有存在。短短兩行詩句，引領閱讀的好奇，及內心滿腹疑問思索：什麼愛的形式如此獨特？接下來三段，詩人分別使用鉛筆、橡皮擦、其他工具，來連結鉛筆盒之間的關係：以鉛筆為主角，發現整日疲勞奔波的寫字，最後被鉛筆盒的愛包容與接納；橡皮擦也擁有相同勞累命運，它不斷執行清除錯誤行動，最終被鉛筆盒的溫暖包容；還有一些小工具反覆執行工作，鉛筆盒亦無怨言地敞開心胸給予愛。

讀到此，逐漸有清晰的聯想：原來鉛筆盒象徵家的溫暖。無論何時，爸爸媽媽出門工作，疲累，返回家後被溫馨的住所接納，獲得休息與關懷；小孩也在上下課返家後，一身可以在小天地中隨心所欲，得到愛的滿足。家無可取代，正如詩人所說「愛　我只有一種」，強調出家獨一的包容特質，同時凝聚家人的心，產生濃厚的家族感情。

我們可以透過身邊的事物作詩意聯想，其聯想是開放的，沒有固定解答。詩賦予簡單事物更多深層意義。

莊金國作品

莊金國，1948年生，著有詩集《鄉土與明天》、《石頭記》和《流轉歲月》，曾任《新臺灣新聞週刊》記者。參加2003年印度詩歌節、2014年古巴【島嶼詩篇】國際詩歌節、2015年緬甸東南亞華文詩人大會。

夢中人

伊的上半身
只蓋幾張攤開的
舊報紙當做棉被
下半身則有如
阿拉伯人膜拜阿拉般地
屈，跪著
雙手抱住頭
不見伊夢遊時的神情
伊也無動於
地下道來去匆匆的腳步聲
等我再過地下道
已然空出位置
卻又在候車室的長椅上
發現伊垂著頭
嘴角殘留一些涎沫

賞析／陳秀珍

詩所描寫的對象是街友（流浪漢）。詩人用兩個特寫鏡頭來凸顯悲哀且卑屈的街友生活。都會生活繁忙，人們經過地下道，通常腳步匆匆，無視於眼前的街友。敏感而富有憐憫心的詩人，卻會特別關注，多看幾眼。

詩一開頭就是一個特寫：「伊的上半身／只蓋幾張攤開的／舊報紙當做棉被／下半身則有如／阿拉伯人膜拜阿拉般地／屈，跪著／雙手抱住頭」。無家可歸的伊，要遮風避雨時，地下道自然成為最佳選擇。疲憊的伊，沒有溫暖棉被，最方便的替代品就是隨手可得的舊報紙，但報紙其實完全無法取代棉被的溫暖。下半身則屈，跪著。屈跪姿勢，一方面讓人聯想到臣服於乖舛不幸的命運；一方面像是無助地向神祈禱翻轉伊坎坷的命運。對於來去匆匆的腳步聲，伊無動於衷，可見伊已是資深街友，這樣異於常人的生活，早已是伊習慣的日常。

詩人再度過地下道時，發現伊已不在，「卻又在候車室的長椅上／發現伊垂著頭／嘴角殘留一些涎沫」，這是另一個特寫鏡頭。伊在人來人往的候車室，坐在長椅垂首睡覺，嘴角殘留一些涎沫，詩人用簡短的文字，把伊的狼狽表現得淋漓盡致。候車室是一個充滿希望的場所，人們夢想下一站會更美好。

讀完詩，讓人感嘆世界之大，竟然容不下伊的一張床，報紙之下，豈有美夢！

良心問題

一天的衝刺
隨著哈欠入眠了

夢裡突被百步蛇追逐
亡命奔跑了九十九步
最後哀叫一聲
跌落深谷——
醒來撫觸蛇吻之處
不禁冷汗涔涔
這才想起昨天的遭遇
還沒有過去

在無人知曉的路上
飛車撞倒的老婦人
無齒的嘴呀
吐著蛇信！

賞析／楊淇竹

〈良心問題〉看似圍繞在虛擬的夢境；實質上，詩人藉此反諷事件發生的荒謬。

詩從結束勞累工作的一天進入睡夢時刻為起頭，逐步揭開曲折離奇事件發生。依靠情節發展，捕捉到被百步蛇追逐的恐怖情境，主角「我」已經奔跑到了第99步，再踏一步即將應驗死亡的毒性傳說，但最後一步踏進深淵，噩夢就此結束。餘悸猶存的驚恐感，在腳踝烙印傷痕，這時候驚醒後的我，回想起白日噩運。詩人用被蛇咬傷的痛楚聯想車禍受傷的腳，原來是白日所發生的車禍事件，確切內容沒有給予任何暗示，足以掌握到是因為開快車的駕駛撞倒傷及婦人，卻還用言語攻擊，像伸出毒舌的百步蛇，面露兇狠。我在觀看這事件的發生，猶如自己是被蛇咬到的受害者，把心有餘悸的臨場感，化作虛驚的噩夢一場。

詩把所謂的良心問題聚焦在開車的駕駛上，延伸成社會公民的議題，即便事件如何發生，並不受關注，也沒有說明駕駛開車過程的對與錯。不過，詩到最後一段將悲憫弱者的心理，投射在受害的老婦人身上，讓那開車撞人的駕駛，原該屬於百步蛇的形象，被詩人以「角色反置」的出奇方式弱化，讓無牙的受害老婦人反向變成一隻吐信的毒蛇，得以抒發她無從發洩的情緒，其實用意在強化小心駕駛的提醒，避免無端或無謂的車禍傷害一再的發生。

對決

日子到了
時辰逼近
伊隨手招來
任何一個理由
都足以照殺不誤

只見伊縱身一跳
輕輕躍過
彼此堅持的距離

在刀口上
不約而同地
心跳加快呼吸急促
突然想起
無論誰倒下
先衝過去擁抱一番
再說

賞析／林鷺

初始的動物世界為了生存或自衛，彼此常有爭戰，目的不只在爭一時的輸贏，有時在爭地盤，或統治權，所以會有「成者為王，敗者為寇」的悲喜劇發生。人算得上是動物界最能以智謀見長的生物，因此大大小小的競爭或競賽，更是每日無可避免的發生。既然有這樣的環境背景，對於所謂的「對決」恁誰都不足為奇。以此，這首題為〈對決〉的詩，還能有什麼新鮮感值得讀者期待的嗎？所幸，詩吸引人的方法千百種，我們不妨來鳴鼓看戲，就知道一場爭戰的結果究竟如何了。

這詩一開頭就以「日子到了／時辰逼近」來把對峙的氣氛全面拉高，讓讀者產生很大的緊張感，尤其「伊隨手招來／任何一個理由／都足以照殺不誤」的氣勢，所帶來的一股肅殺之氣，更讓好奇跟隨緊張的氣氛張力十足。

詩的接續省去繁瑣的過程與場地的描繪，直接讓主角以勝利之姿越過敵我保持的距離，再把讀者帶進最後屏息以待，毫不留情的預期心理裡。然而，這首詩手法的高段，在於詩人並沒有讓真正的輸贏發生，反而宅心仁厚的讓主角在剎那間投進「無論誰倒下／先衝過去擁抱一番／再說」的驚奇念頭裡。

林豐明作品

林豐明生於1948年雲林斗南鎮，現居花蓮吉安鄉。1972年進臺灣水泥公司任職至2005年於花蓮廠廠長任上退休。

1989年曾獲吳濁流文學新詩獎。著有：《地平線》、《黑盒子》、《怨偶》、《臺灣詩人選集——林豐明集》、《黑白鳥事》。散文集有：《赤道鄰居》、《花泥春秋》、《荳蘭過去七角川》和《角落的聲音》。

磁石

成為單獨存在的N
或S
凝聚一切
是不可能的企圖中
最荒謬的一個

切除異端
從切斷處
會立即出現另一個
對立的極

為什麼
掌握了力之後
總是忘記
不能用力改變的
這樣的事實

賞析／林鷺

磁石的特殊性在於長形的兩邊受了地球磁場的影響，一邊指向南極（簡稱S極），另一邊就指向北極（簡稱N極）。這種磁性人力無法任意扭轉，就好比天生被註定無法分割的連體嬰一般。詩人於是藉由他對於這種物質特性所引發的聯想，指出磁石想要單獨以N極，或單獨以S極，各自獨立存在，即便凝聚一切力量，也是一件絕不可能的事，如果有人竟然硬是存有這樣的想法，那就最是荒謬不過了！

第二段詩人又指出：磁石好玩的是，不管你怎麼切，切成多少塊，被切開的每一塊磁石，都還是會成為一塊具有兩邊指向的完整磁石，屬性仍然不會因此改變。再說，如果以地軸的想像去看南北極，軸的兩端絕對是「異端」，因此，詩人再把這種現象加以巧妙引申，暗指社會的邪派異端即便想盡辦法根除，終究還是會出現「斬草難除根，春風吹又生」的苦惱與無奈。然而，詩最後的轉折才是真正的關鍵所在，詩人想批評的是：不管什麼人，一旦掌握了某種權力，為何就忘記現實世界永遠存在著兩種無法妥協的正負能量？我想詩人的目的是希望人能認清不變的事實，不忘時時自我檢視。

荒地上的一棵樹

尚未被圍上紅布條
尚未被保護　或列管
距離成神
還有很漫長的歲月

獨立荒地上的一棵樹
悠然
自在如置身密林中

不介意被叫錯名字
也不在乎
從未有人完整地看過他一眼

似乎除了陽光空氣水
再無所求於這片土地

今天步行路過
無意中感覺到他的微笑
是因為有野鳥
在他的枝葉深處築巢嗎

賞析／陳秀珍

人能隨己意移動遷徙，樹卻無法自主。

一棵樹，可能生長在都市公園為打太極的人們分泌芬多精；可能排隊在烏煙瘴氣的道路旁嘆氣；可能舒適地伸展筋骨在鄉村農舍旁；可能站在高崗鳥瞰遠方大海；可能落腳低谷中聽歌者迴音；可能像隱者隱蔽密林裡；可能安居花園中；可能……。

獨立荒地的一棵樹，距離成神還有很漫長的歲月，可見他不但不老，可能還很年輕喔！只有老樹，才會被圍上紅布條被保護、被列管、被當成神。這一棵樹，不因獨立而感孤單，怡然自得如身在密林中；也不因生長在艱困荒地而抱怨，且感到悠然，他樂觀面對生活環境。

你曾因被喚錯名字或頭銜而生氣嗎？這一棵樹並不介意被叫錯名字，也不在乎從未有人完整地看過他一眼。不論他被稱為張三或李四，也不論是否有人很認真地觀賞過他，都不能改變他是一棵獨立、悠然、自在的樹的事實！當他老了，他一定不會在意會不會被稱為神，甚至他會斷然拒絕這個虛榮的名稱。

除了陽光空氣水的生存基本需求，再無所求於這片土地，這樣一棵不貪求、易知足的樹，呼應了第二段悠然自在的狀態。

路過，遇到這一棵樹，詩人感覺他在微笑，以致揣測他是「因為有野鳥／在他的枝葉深處築巢嗎」。對於一棵志在奉獻的樹，的確沒有比野鳥來枝葉深處築巢更快樂的事了！

鴿子

定時餵飼料
給水

保持空氣流通
勿使過熱
隔離閒雜人等
避免受驚嚇

典禮前嚴密監控
保護自由的籠子
不容許任何閃失

確保門一打開
和平即一飛沖天
完美演出

賞析／楊淇竹

你能想像尋常生活裡的鴿子，如何被詩人捕捉？好像一個展翅，鴿子就飛走了，從地面瞬間至屋頂或天際，轉眼似乎留下些許遺憾。憾恨來自我們缺乏自由飛行的能力，可是尋常思想也許可從另一種角度來看，結果將大不同。

這是閱讀之前的想像，跟著想像，我們進入〈鴿子〉一詩。

首段，詩人告訴我們：鴿子豢養於牢籠，被定時餵食；之後，再多了一些訊息，牢籠裡的鴿子，不僅食物無虞，生活還受到完備照料，看似養尊處優的鴿子，受到主人特別細心呵護關注，其生活目的究竟為了什麼？

答案揭曉：「典禮前嚴密監控／保護自由的籠子」為了某項任務，監控變成每日的行動，但監控背後，引發了後續行動，相反詞「自由」卻在此刻不合邏輯地出現，令人疑惑監控底下真的有自由嗎？詩似乎隱含批判，這時候批判什麼？

身負重任的鴿子，背負人類給予「和平」定義，他們承受完美，毫無脫序的演出。詩人借詩訴說：鴿子啊！你那飛翔翅膀底下，無知的人終究只看見表象，白色的和平，變成有點虛偽，造作「完美」假象的鴿子，遠比真正自由飛翔的鴿子還要可憐。我們是否應該進一步思考：你想當一隻牢籠裡，或是天空飛的鴿子呢？選擇做自由之鴿，讓閱讀引領通往自由飛翔的天空，展翅飛行，擺脫教科書的束縛吧！

莊紫蓉作品

莊紫蓉，雲林縣北港人，1948年出生於嘉義。東海大學畢業，曾任國中教師26年。撰述口述歷史《廖清秀苦學與寫作》（臺北縣政府文化局出版，2004年7月）。歷時9年訪談作家，撰寫《面對作家——臺灣文學家訪談錄》三冊（2007年吳三連臺灣史料基金會出版）。

秋蝶

蓋一間綠色密室
鑲一道金邊
隱身
製造驚奇
綠色棕色金色
逐一淡去
隱約可見
藏不住的神祕
奮力掙脫蟄居
振翅再振翅
隨風帶走一抹絢麗
一絲悵惘

賞析／林鷺

蝴蝶的種類千萬種，美麗的蝴蝶人人喜愛，飛舞的蝴蝶帶來許多視覺美感，又容易讓人興發浪漫的情思。這首詩很明顯在寫一隻秋天蝴蝶的故事。

大家都知道，不管哪一種蝴蝶都必須由毛毛蟲變成蛹，再從蛹裡蛻變破繭而出，成為一隻可以到處自由飛舞的蝶；因此，蝴蝶具有勵志意涵的成長過程，就常常被拿來當做童話故事的題材。

這首詩的開頭，詩人並沒有告訴我們，她所看到的究竟是哪一種色彩的蝴蝶，而是以「綠色密室」的隱喻，讓讀者意會有一隻毛毛蟲隱身在一個綠色的蟲蛹裡面，這蛹的外殼甚且還鑲著一道特別的金邊，讓人對於一隻蝴蝶開啟心中想像的色彩。

然而，詩進入第二段卻讓原本的期許，因蛹的顏色「逐一淡去」而發生落差。所幸，讀者旋即再被「隱約可見／藏不住的神祕」興奮地帶進答案呼之欲出的轉折裡。

這短短的一首詩，情節卻是高潮跌宕。最後，甚且以「隨風帶走一抹絢麗／一絲悵惘」做為意外的結束。我想聰明的你，應該已經從那好不容易才奮力破蛹，振翅而出的蝴蝶，竟然一下子就飛走的失落感裡，猜到詩人的年齡，並且讀出她為何蓄意錯開其他季節，告訴讀者寫的是一隻有如歲月倏忽離去的，秋天的蝴蝶了吧？

一架老鋼琴

一架老鋼琴
長年獨居一隅
亮麗的外表被灰塵掩蓋
聲音混濁還走音
歡樂或鬱悶總說不清
終年默默不語

主人請來知音　為伊
拭去塵垢清除雜質調整姿勢
一聲亮麗高音
驚動窗外綠繡眼啾啾應和
伊　決定打破沉默再度發聲
為受傷的大地
為芸芸眾生
為初生的嬰兒　也
為自己

賞析／陳秀珍

一首擬人化的暖心詩！詩分兩段。

第一段，一架老鋼琴像獨居老人，困守屋子的一個角落，想必孤獨又落寞！原來亮眼的外表，因為長期乏人關愛而蒙上塵埃；更嚴重的是甜美的聲音變得混濁且還走音！最嚴重的是她像失智老人「歡樂或鬱悶總說不清／終年默默不語」。簡潔的文字，生動寫活了這架鋼琴的外貌、生理與精神狀態。

第二段轉折，主人請來知音，為失能的鋼琴依序拭去塵垢、清除雜質、調整姿勢，終於黑白琴鍵在知音的指頭下，發出昔時美妙亮麗的高音。美聲打破沉悶與死寂的空氣，引發窗外綠繡眼啾啾共鳴。由靜到動的描寫，充滿雀躍，畫面由黑白轉為多彩！獲得鼓勵與自信的老鋼琴，生活態度整個翻轉，她決心打破多年來的沉默再度發聲，不但是為小我的自己，更要為受傷的大地，為芸芸眾生，為初生的嬰孩……

老鋼琴被知音調整到中氣十足，就像老人被良醫治好宿疾，肺活量好到足以高聲唱出對生命的禮讚，歡樂或鬱悶也已經能夠說得一清二楚，於是不再終年默默不語。循序漸進的書寫，很有節奏感，文字掌握得相當節制與恰到好處，整首詩充滿正面能量！

姊妹

風來了

一朵白雲飄落草地

找不到回家的路

哭了起來

姐姐牽著妹妹

「不哭！不哭！」

白雲擦乾眼淚

跟著夕陽，安心

回家

賞析／楊淇竹

〈姊妹〉是一首富有童趣的作品，簡短幾行詩句，表現姊妹情深的感動，並使用清晰明瞭的意象，把短詩鋪陳出一則精緻的小故事。

仔細閱讀，風與白雲出現的意義，此意義將連接整首詩的象徵。首先，「風」吹來了，「白雲」被風吹到了草地，這時候接到「找不到回家的路／哭了起來」，看起來有些突兀，產生了疑惑：為什麼雲會找不到路呢？接續，牽手與安慰的行動，詩轉移聚焦在一對姊妹身上，才瞭解迷路的雲，影射為不小心迷路的妹妹。再來，敘述又回到了白雲，雲把淚擦乾的擬人動作，即可容易理解，從姊姊話語獲得的安心，也反映在夕陽的溫暖光芒上，引領著妹妹回家。

此詩，視覺感濃厚，我們可以依循詩的意境，逐漸拼湊夕陽照耀於草地，風涼涼吹來，愛玩的小女孩意外迷路，她在哭泣當中，聲音被姊姊聽到，循著聲音找到妹妹，而有「不哭！不哭！」的溫柔話語，讓讀者閱讀到濃厚的姊妹互動親情，則在於姊姊不讓妹妹感到害怕，所傳達的百般呵護之心。

童年，如果有姊姊或哥哥相伴成長，獲得手足的疼愛與依靠，有妹妹或弟弟，相對讓付出關愛的兄姊，能夠獨當一面，是相當美好的幸福。這藉由詩的主題，喚起親情的記憶，你是否也有同樣的溫馨畫面被喚起？在白雲與風的故事底下，還會有更多的什麼想像變化呢？

郭成義作品

郭成義，1950年生，任職於首都早報和自由時報，直到退休。曾擔任《笠詩刊》主編。出版有詩集《薔薇的血跡》、《臺灣民謠的苦悶》、《國土》、《郭成義詩選集》和《我們茉莉花》，以及評論集《從抒情趣味到反藝術思想》和《詩人的作業》等。

自由

小鳥在天空
嬉戲

小鳥在屋頂
吵嘴

小鳥在樹枝
結巢

到處都是棲身的地方
小鳥自由自在地
廣播快樂的消息

只有停留地面的時候
必須停止唱歌
隨時準備
飛走

賞析／陳秀珍

自由是甚麼？你自由嗎？能夠說出自己不自由，也是一種自由！

自由是一種輕盈如蝶翼、自在如春風、無拘無束如浮雲的感受，是一種比愛情比生命更重要的價值。為追求言論自由、談戀愛的自由、婚姻的自由、思想的自由，多少人犧牲掉寶貴生命！

自由是一種主觀感受，有時候我們可能誤判他人是不是自由。一個閉關清修者，自囚於暗黑的小山洞，少吃少喝，我們看他好像很不自由；對他而言，他是在追求一種人生更高的境界，他的行為是自主的，心是自由的。

這首〈自由〉的詩，前四段都在宣說小鳥的種種自由，讓人羨慕不已，覺得身為小鳥真是幸福無比呀！小鳥在天空嬉戲、在屋頂吵嘴、在樹枝結巢，到處都是安身的天堂，小鳥吱吱喳喳廣播快樂的消息。到了詩的末段劇情急轉直下，詩人指出鳥的不自由「只有停留地面的時候／必須停止唱歌／隨時準備／飛走」。

為什麼只有停留地面時必須停止唱歌，隨時準備飛走呢？我猜想是因為當鳥收斂翅膀滯留地面時，老鷹、野獸、獵人等天敵的獵食攻擊變得容易，因此當小鳥停留地面時，心中充滿警戒、眼神不安、咽喉閉鎖、隨時準備飛走。

鳥的自由在雲端，雲的自由在天空；魚的自由在波浪，波浪的自由在大海。

當然，自己的自由絕對不可以侵犯到他人的自由。

萬花筒

她開心地
描述萬花筒裡
五彩繽紛
變幻萬千的世界
眼神異常瑰麗

我看到的萬花筒
卻是一個扭曲
無法拼湊
不能成形的荒謬世界

她依然雀躍地
我開始懷疑我的人生
受了惡魔的統治

賞析／林鷺

萬花筒的構造早期是由一些不同顏色的碎片，經由三面鏡子的相互折射，來產生各種圖形與色彩的綺麗變化。後來的設計更有創意，由各種形狀的亮片和多彩流沙製造的萬花筒，未必保留傳統的造型，卻能帶來更多意想不到的美麗花樣。

詩中的兩位主角：第一個很喜歡他所看到的萬花筒世界，描述起萬花筒的五彩繽紛，眼神閃爍出無比瑰麗的光彩；可是另外一個卻說，他的萬花筒並不是這樣的，他所看到的非但不美麗，反而還是一個扭曲、拼湊不起來的荒謬世界。然而，啟人疑竇的是：同樣的萬花筒為何竟然出現如此對立的懸疑？其實，詩人是想把萬花筒製造的視覺假象，轉移到人往往因為內在心態的不同，看待同一個物件或事件，也會跟著出現不同的結果，進而產生不一樣的人生，擁有差異的世界。他尤其點出：一般人很難察覺問題的根本，其實往往出在自己的身上。

最後一段，懷疑自己的人生受到惡魔的統治。讀者可以看成是主角自我揶揄的一種趣味性，也可以嚴肅視為詩人在暗示或批評：人老是存著找藉口，推卸責任的心態。

夜歸

只要一根火柴
就能把自己點亮的
夜暗裡
總是不停的思索著
火柴的位置

畢竟
只有幾點小小的燈光
像火柴一樣領著天空
而最暗的近處
看起來竟非常熟悉
那就是家的方向吧

愈來愈軟弱的我
常常回來得太晚
每當尋不著家裡的燈火
只好走向最遠的天
最暗的部位

彷彿
那裡才潛藏著無盡的生息
即使黑暗也要回去

賞析／楊淇竹

夜歸，什麼感覺？看似離自己相當遙遠，卻有可能是親人寫照。

深夜暗黑只要燃點一根火柴棒，光亮就會無比醒目，夜歸者對返家感受，從視覺眼睛開始。火，引領夜歸回家，它像似航海者遙望的燈火，心思急切想回家，才會不斷尋找「火柴的位置」。

夜歸者對家依戀，也處處被突顯。由尋找家的方向，暗示日復一日返家的行為，非常熟悉，當然既然每日應該做，為何需大費周章？「看起來竟非常熟悉／那就是家的方向吧」，詩人給了提問，內心意識不確定提示，代表他（或她）企圖尋找歸途，在夜空底下，發現何處是光，那裡，便是家的方位。原來勞累工作後，身心俱疲，已無法探知方向，但為了回家，軟弱身體拖曳疲憊心靈，也在茫茫思緒中，尋找一處光亮。

你有發現詩人運用冗長句法，不斷圍繞在返家的行動嗎？如此描述直接放大了夜的漫長，就在時間流逝中，他承受著考驗，重重暗黑襲來，他依舊往家方向前行。此時火柴變成內心家的火光，原因就在：「那裡才潛藏著無盡的生息」，這是夜歸者對家的眷戀，也是疲累工作後的心聲。

想想，身邊父母親是否也夜歸？如果不是，代表你相當幸運，無須承受等候父母親回家的時間考驗；如果是，你便能理解父母親夜歸返家時，內心蘊藏複雜情緒，透過詩人敘述，深入了解並體會他們工作辛勞。

利玉芳作品

利玉芳，1952年生。榮獲1986年吳濁流文學獎、1993年陳秀喜詩獎、2016年榮後臺灣詩獎、2017年客家「傑出成就獎－語言、文史、文學類」。出版詩集《活的滋味》（1989年）、《向日葵》（1991年）、《淡飲洛神花茶的早晨》（1996年）、《臺灣詩人選集：利玉芳集》（2010年）、《燈籠花》（2016年），及漢英日三語的《貓》（1991年）等。參加2014年智利第10屆【詩人軌跡】詩會，2016至2018年福爾摩莎國際詩歌節，2017年秘魯第18屆和2019年第20屆柳葉黑野櫻、巴列霍及其土地國際詩歌節、越南河內國際詩歌節，及墨西哥鳳還巢國際詩歌節。

遙控飛機

那不斷超越在廣場四周
在群眾頭頂的
模型飛機　耍弄糾纏和翻滾的演技
群眾的頸子抬起痠痛的天空
叫讚
它　狂愛這樣熱烈的擁護和呼口號

魯莽而失去了方向
模型飛機猛然栽在蔓草叢中
殘骸喘著煙息
聽見群眾微弱的呻吟

群眾　你們失事了嗎
快快逃離那假象的現場
為你們的意識活過來
回歸到緊貼著你們的廣場四周著陸
在廣場的某一角落
有你們要認知的真相
從開始到結束
那個遙控著你們情緒
忽高忽低的人

賞析／陳秀珍

你玩過遙控飛機嗎？是不是好玩又刺激？是不是滿足了你的表演慾或控制慾？當遙控器失靈，你是失落、是生氣，還是怒摔遙控器？

遙控器掌握在不同的人手中，會有不同表現。詩中用「演技」形容模型飛機「耍弄糾纏和翻滾」，可見這架飛機的炫技，並非遙控者純粹的遊戲自娛。飛機的飛行場域，並非在無人之境，而是在四周有群眾的廣場。表演者需要演出的舞臺，需要觀眾的掌聲與喝采，觀眾表現越熱烈表演者就越亢奮，甚至失控！

以廣場為舞臺，飛機無所不用其極地表演特技，地面群眾仰頭觀看，頭隨著飛機不住轉動，轉到痠痛；雙眼眨也不眨地追蹤飛機。飛機直衝雲霄、飛機翻滾、飛機下墜，飛機的激情演出一再牽動群眾情緒，群眾忽而尖叫、忽而歡呼、忽而鼓掌、忽而嘆氣，而飛機竟然跟政治上的獨裁者一樣「也狂愛這樣熱烈的擁護和呼口號」！群眾的情緒也激勵飛機的表演慾！

表演的終結是飛機猛然栽在蔓草叢中，殘骸喘著煙息，因為魯莽的表演而失去方向。過度投入的群眾為此發出微弱呻吟，彷彿失事的是自己。此時旁觀的詩人發聲呼籲群眾快快逃離那假象的現場，她獨自清醒地提醒群眾，躲在廣場的某一角落，有他們要認知的真相－從頭到尾那個遙控他們情緒忽高忽低的人。

廣場可以看做國家的縮影，遙控器是權柄，飛機是國家機器，躲在暗處的是掌控國家大權的人；群眾須撤退，到一個足以看清事情真相的位置！

一顆心的重量

我收到一封信
信裡夾帶兩顆紅豆

讀著你的老實和善良
思索你的耐心和堅強
你欲言又止……半天說不出一個愛

用心組合的愛呀
紅豆包裝你的木訥
傳遞你隱藏的心意

輕輕的一顆相思
擔負起一顆心的重量
盼望愛有結果

賞析／林鷺

人的一顆心有沒有重量？有形的心或許可以秤得出它的重，無形的心卻是多麼抽象！正因為如此，人類總是用盡各種辦法，試圖傳達心中想要給在意的人的份量到底有多重；於是聰明的商人有機可趁，對著即將攜手步入禮堂的戀人大肆廣告：「鑽石恆久遠，一顆永留傳。」這對於經濟力不足的男人，愛情的重量在被要求標上價碼以後，無論如何還是一場承受不起的災難。

反觀這首〈一顆心的重量〉陳述者開頭就說，她收到了一個夾帶兩顆紅豆的信封，讀者也自然意會得到，這兩顆紅豆就是中國唐朝詩人王維所寫「紅豆生南國／春來發幾枝／勸君多採擷／此物最相思」裡，被用來傳達愛情，一般俗稱的相思豆。

當愛人打開信封後，心中馬上接收到那個老實善良的男人，藉由兩顆小小的紅豆，想要傳達給愛人的無盡情意。這也是在她心目中，具有「耐心和堅強」美質性格的男人，擺在心中卻說不出口的「愛」；於是她的感動穿透了心形紅豆包裝在裡面的木訥，以及那份因木訥而被自然隱藏的心意，理解兩顆紅豆原來就是對方表白「想要用心組合的愛」。

這首詩之於讀者，也已經從最後一段看出，這份雙方都擁有智慧解讀能力的愛，最終將有可預估的圓滿，因為詩人的結語是：「輕輕的一顆相思／擔負起一顆心的重量」。

鹽分之血

我的體內
流著鹽分的血
戰後出世的囝仔
偎靠祖先的汗水
豉一甕閣一甕的鹹瓜仔
防止歲月腐敗變味

消除散赤苦澀的日子
挾一把鹽
共我心酸的記持
調味回甘

賞析／楊淇竹

生活中，鹽，苦澀鹹味，你能體會鹽與血兩者之間關係嗎？

〈鹽分之血〉，從血液開始抒發，詩人用人身體血液，呼應鹽分土地，血與鹽相互交融，土地和人在歷史時間，便有了意義。接著，出現「戰後」時間點，標出臺灣歷經二戰之後，生活困境的年代；資源匱乏，對剛新生嬰兒生存，相當不利，僅只依靠祖先開拓，生存。「汗水」比喻勞動過程的辛苦，以勞作換來金錢哺育嬰兒，其鹹味也連接到製作「鹹瓜仔」的鹽，傳統鹹醬瓜是將無法保存的黃瓜，用鹽醃製，提供日後食物來源，時間同樣在甕裡停止，為了「防止歲月腐敗變味」，將鹽味與記憶，一同留入罐中。

日子有多貧困，只要含一口滲有大量鹽漬的醬瓜，就知道箇中滋味。

第二段，明白指出打拚日子乃「散赤苦澀」（貧苦苦澀），味道進入了人生，將辛勤耕耘者，融合在手上一把鹽，放進甕裡的醃漬瓜中，鹹帶苦，苦卻有甜，均是歷經戰後，深刻記憶。

或許，沒有經歷臺灣經濟蕭條的青年，難以想像；但是透過鹽與人生隱喻，可試著去理解那段歷史時間，臺灣人如何在生命中奮鬥，再以味覺去感受情感如何被描述，接著，透過傳統食物「鹹瓜仔」，找尋呼應今昔之間，記憶怎麼被留存。利玉芳如說故事者，講述一段往事，我們聆聽詩語言，也領悟充滿思念的記憶甕。

李昌憲作品

李昌憲，1954年出生於臺南，現居高雄市。《笠詩刊》主編。1982年6月出版第一本詩集《加工區詩抄》，並於1982年獲笠詩獎。其他詩集有《生態集》（1993年）、《生產線上》（1996年）、《仰觀星空》（2005年）、《從青春到白髮》（2005年）、《臺灣詩人群像・李昌憲詩集》（2007年）、《臺灣詩人選集・李昌憲集（2010年）、《美的視界——慢遊大高雄詩攝影集》（2014年）、《高雄詩情1977-2015》（2016年）、《愛河Love River》漢英詩集（2018）、《露珠》（2020）。

魚翅羹

喜宴以上等魚翅羹
淋上幾滴紅醋
主持人：要小口品嚐

吞下肚，感覺
小鯊魚在胃裡，掙扎
斷氣，冒出血腥氣泡

想及記錄片的一幕
漁民抓住小鯊魚，割下魚翅
反手，將小鯊魚丟回大海
流血的屍體泛紅
捲起憤怒的波濤

紅醋逐漸化開
魚翅羹變成血腥的海
淹沒整個喜宴會場

賞析／楊淇竹

曾經品嚐過魚翅羹嗎？魚翅，背後藏有辛酸血淚，你可知？

詩人李昌憲，用喜氣的紅遇上血腥的紅，蔓延整個婚禮祝福聲當中，即將開動菜餚，最先把視線觀察至眼前的一碗魚翅羹上，尋常開場白，食用前添加一些紅醋，美味羹湯正等著賓客。跳接一行空白，已吃下肚的羹湯，擬人化地猶如一隻未經烹調的鯊魚，感覺到垂死掙扎，為何會「冒出血腥氣泡」？加了紅醋魚翅羹，連接鯊魚割下魚翅的影像，詩人把紀錄片片段投影出來，血腥顏色，諷刺與婚禮紅布幕喜氣做對比。血，不斷掙扎的小鯊魚身上，隨海水，載浮載沉。

〈魚翅羹〉批判意味強烈，當我們無知吃下美味的魚翅羹，絕對不曾想像：鯊魚失去了魚鰭該如何活；事實上，會構成這樣食物鏈，礙於鯊魚肉缺乏好吃的動力，漁人為了營利，將有利用價值魚翅取下，放任尚未死亡的魚身體回大海，苟延殘喘只能漂流大海。詩人會寫這首詩，動機單純，他是希望如果我們都能抗拒食用魚翅，漁人就會因沒有獲利價值，不去捕撈高價魚翅，近年也隨著環保意識高漲，捕捉鯊魚行為，漸趨少見，不過仍要思考食物鏈之間關係，以及婚禮宴客心態，商人必然是迎合顧客內心願望，如喜宴愉悅氣氛，運用食材價值增加人內心富貴想像，但想像是虛幻，現實鯊魚血淋淋的生命垂危，才是我們急於阻止。

蕃薯

我將發芽的蕃薯
種在北半球的大碗公裡
看它努力長葉生藤
在我家客廳蔓生

雖然碗公不是大片土地
不過土地雖小　卻有小的好處
生活自由自在的過

不用怕別人恐嚇
不用看別人的臉色
不用依靠別人
不用看新聞報導的亂象

蕃薯大家來種
等待時機
擴散開來

賞析／林鷺

翻開歷史的扉頁，每個國家都有屬於自己的故事。我們的國家能有今天的民主自由，其實也是得來不易。臺灣從西元1626年被西班牙殖民開始，還經過漫長的荷蘭、明鄭、清治、日治、戰後等被外來政府統治的時期，才成為有華人歷史以來，真正實踐民主的國家。正因為過去遭受過慘痛的歷史經歷，臺灣的歷史其實是一部被殖民的歷史。臺灣的形狀從外表看，有人說很像一隻騰躍海上的鯨魚，有人說就像一根肥厚的蕃薯，不管怎麼看，臺灣人常自詡生命力的旺盛，有如蔓延性超強的蕃薯，即便在土裡爛掉，仍然會發芽，拼命生長。這種強韌的物性特徵，用來激勵我們的國族意志與信心，經常出現在近代的文學作品裡。

〈蕃薯〉這首詩的蕃薯甚至沒被種到泥土裡，只隨意被擱置在居家客廳的一個大碗公裡，它還是努力「長葉生藤」。重要的是，詩人賦予這種植物以自我意志的發抒，意指臺灣的土地雖小，卻能自由自在當自己，不需仰人鼻息，看人臉色。其實，我們當然知道國際政治勢力的現實，尤其目前兩岸甚至經常處於緊張的敵對狀態。詩人還是藉由客廳裡的一顆蕃薯，來激勵人心，希望面對恐嚇，人民不要害怕，而呼籲大家來種蕃薯的真正意涵，就是要大家發揮不怕踐踏，勇於努力求生存，深耕自己的土地。

香火

遠走都市謀生
祖先的神位夜夜在夢中召喚
要我歸回農村
整理日漸荒蕪的家園

我日日在工廠裡
為了生活必須忙碌工作
假日，假日還要加班
心中有一封遞不出去的家書

上班下班都在盤算
歸鄉的日期掛在心上
打卡鐘緊緊把我縛住
在競爭激烈的工廠裡

回不去的我
一手顫抖的握住考勤卡
一手顫抖的握住臨行前
媽媽親手縫製的香火

賞析／陳秀珍

你曾離家在外嗎？記得第一次離家的感覺嗎？如果你曾有思家思親的經驗，那麼這首詩必定會深深打動你，甚至有快要流淚的感覺。

詩人寫他離鄉離家在外地，為謀生被工作綑綁、有家歸不得的無奈。一開頭詩人就自述遠走都市謀生，在異鄉夢中祖先的神位夜夜召喚詩人歸回農村整理日漸荒蕪的家園。從農業時代跨入工業時代，鄉村勞動人口湧進都市，村中只剩老人或小孩，農田與家園日漸荒蕪，連已逝的祖先都掛念祖產的維繫與在外奔波的子孫。

日有所思才會夜有所夢，詩人夢到祖先夜夜呼喚回歸家園，其實是詩人自己日夜思家的結果；無奈他日日在工廠上班，連假日都還要加班，因此心中藏著一封告知家人將返家的家書，始終遞不出去。為了工作，回家的路似乎變得遙遠，回家的日期似乎變得遙遙無期。其實詩人時時刻刻都懷抱對家的渴望，因此才會上班下班都在盤算，把歸鄉的日期掛在心上。

詩人有家歸不得的煎熬，在末段表現得淋漓盡致，他一手顫抖的握住考勤卡，一手顫抖的握住臨行前媽媽親手縫製的香火；一手握住的是冷酷的現實，一手握住的是無法很快實現的渴望！

詩人離家前，媽媽求神靈庇佑在他鄉工作的他，而親手縫製了香火，讓他時刻帶在身上。香火，成為詩人在異鄉最溫暖的火焰！

蔡榮勇作品

蔡榮勇，1955年出生於臺灣彰化縣北斗鎮，臺中師專畢業。現為笠詩社社務兼編輯委員、臺灣現代詩人協會理事、滿天星兒童文學理事兼編委、世界詩人組織（PPdM）會員。曾出版詩集《生命的美學》（1986年）、《洗衣婦》（1994年）及《蔡榮勇詩集》（2009年）等。參加2009年在蒙古舉辦的臺蒙詩歌節，2014年在古巴及智利的國際詩歌節，2016年至2018年淡水福爾摩莎國際詩歌節，和2019年越南河內國際詩歌節。

不識字的母親

不識字的母親
每個人的表情
是她感動的詩

每日的工作
是她必讀的散文

和人聊天
是她愛讀的小說

愛子女的心
是她讀不倦的哲學

她不知道
她是一本子女
想讀的百科全書

地球嘆了一口氣
我也不識字

賞析／林鷺

早期常出現的「文盲」兩字，因為我國教育已經普及，似乎已經被淡忘。然而世界上仍然有很多文盲，尤其在女權不彰的國家或各國偏遠的地區，女子受教育的權利相對被剝奪。2014年諾貝爾和平獎得主，巴基斯坦籍的女子馬拉拉，就是因致力於爭取女性與兒童的受教權而得獎。

詩人說他的母親不識字。少了文字知識的牽絆，她究竟會是一個什麼樣的母親呢？詩人從日常生活的幾個不同面向，去觀察並解讀母親，發現原來他的母親喜歡以美善的角度去觀察或欣賞人的表情，所以擁有一顆如詩般的心。如果我們從文字去揣測他母親過的生活，恐怕過的只是平淡乏味，如散文般的日常吧？那麼，詩人為何說和人聊天是母親愛讀的小說呢？我想，說不定只有聊天才會給她帶來一些小說情節的故事吧？至於母親愛子女的心，本來就是一種既簡單又深奧的生活哲學。

兒子的眼中尊敬母親是一部詩、散文、小說，與哲學的綜合百科全書，只是他不識字的母親，永遠不知道自己身上擁有這些美好的質素，也不可能理解子女最想閱讀的，其實就是身為母親角色的她自己。然而身為子女的詩人有感母親未受教育的遺憾，所以深表感慨地說：「地球嘆了一口氣」，而詩最終那句：「我也不識字」嚴格說起來，在表達一種對等的憐惜。

地利國小

山
默　默　的
從早到晚
守衛著
地利國小

山有許多樹
樹有許多眼睛
我們在教室　朗讀
詩歌
山也會跟著　朗讀
念久了
山都背起來了

天亮了
小鳥會叮嚀　山
念詩，給我們聽
念詩，給我們聽

賞析／陳秀珍

一所國小，如果有山從早到晚默默守衛，該有多酷呀！

地利國小就是這麼幸運，擁有雄壯美麗的山日夜守衛著。因為有山守衛，可知地利國小是一所山中的學校。

山有許多樹，在臺灣並不意外，但並非全球都這樣，有些國家的山是荒山、岩山、禿山，完全沒有靈秀之氣；有些山即便有樹，但樹葉多枯黃，缺乏生機。看過這些不是我們習見的山脈，我才知道臺灣的綠色山脈有多迷人！

「樹有許多眼睛」，真是讓人眼睛為之一亮，我想像樹葉長得像一枚枚的眼睛，守護著地利國小的師生與花鳥。

身為國小老師的詩人，帶領學生在教室裡朗讀詩歌：「山有許多樹／樹有許多眼睛……」讀著讀著，山許許多多的眼睛都看見了，山的耳朵也都聽到了。看久了、聽多了，山也會跟著師生一起朗讀；朗讀久了，山更是把詩都背起來了！天亮的時候，連小鳥都會叮嚀山：「念詩，給我們聽！念詩，給我們聽！」

這首詩，我讀著讀著，彷彿聽到樹的朗讀詩聲迴響在山間，彷彿看到小鳥等不及天亮要叮嚀山朗讀詩給大家聽。為山的朗讀詩聲陶醉的小鳥，聽山的朗讀聽久了，也會朗讀、也會背詩了！讀詩讀久的山，最後也會寫詩了！

地利國小，真是一所詩的學校呀！

秤

今日
是一支新買的秤
可以為心情　稱重

秤的刻度
有　快樂
有　高興
有　痛苦
有　煩惱
有　擔憂
有　悲傷
有　討厭

天黑了
躺在床上
夢　會告訴你重量

賞析／楊淇竹

〈秤〉像詩人擅寫童詩風格，簡約意象，意境明瞭，容易理解傳達的意思，也輕易領略生活的本質。

尚未開始閱讀前，秤具有理性，與絕對刻度，並且有不容質疑之特性；除非它壞掉，不敷使用。詩中，秤不再冷然的公正角色，刻度轉向心理情緒反射，感性的秤擁有「快樂、高興、痛苦、煩惱、擔憂、悲傷、討厭」，代表著每天或每一時刻的感覺，可能因為一件事情不開心，也可能因為期待什麼，引發欣喜高興，不同事件在生活發生，於詩人眼裡，有如諸多考驗，影響思緒，所以「今日」象徵生命中無時無刻會出現的秤，而且這秤會告訴你，快樂或悲傷的重量。

秤的概念，現實中視穩定指向衡量的工具，進入詩的世界，秤變抽象，具體概念沒有了，反而增加人性的真實面貌，你能探索詩的深意嗎？生活中常常忽略許多事件的原因結果，一昧陷入心情的高張或跌宕，假如快樂是輕痛苦是重，指針將不時通知你，然而秤的意義就不過如此，只是一種指標；但是嘗試積極解決痛苦背後成因，保留所有快樂事件的歷程，最後「今日」在夢裡總結，將會充滿值得回憶的點點滴滴，雖然一天生活所有時刻，我們大腦總是沒辦法一一清楚詳記，透過秤的隱喻，講我們每日的心情往快樂的刻度前進，有如夢對我們思緒的作用，飄然美好。

謝碧修作品

謝碧修，筆名畢修，臺南市七股區人，現居高雄。國立空大社會科學系畢業；笠詩社同仁、臺灣現代詩協會會員。2006年自銀行退休後，從事社會服務工作。曾獲山水詩獎（1978年）、黑暗之光文學獎新詩組佳作（2003年），著有詩集《謝碧修詩集》（2007年）和《生活中的火金星》（2016年）。參加2014年古巴國際詩歌節、2015年至2018年福爾摩莎國際詩歌節。

百合敘事

我是臺灣百合
名叫「福爾摩沙」
三月
是我盛開的季節

喜愛自由
在臺灣趴趴走迎接春天
在嚴峻的高山上
在低窪的沼澤中
更能淬鍊出
奔放的個性

柔柔靜靜的我
在白色小小心房
只有小小渴望
當我綻放時
有清新的空氣
有涼澈的溪水
有燦爛的陽光

賞析／楊淇竹

臺灣品種百合，象徵臺灣。詩人運用「福爾摩莎」之名呼應臺灣土地，一步步進入閱讀〈百合敘事〉。「她」的敘事方式，是由詩人假托百合來描述所見所聞。獨有的擬人化蘊含了臺灣土地的熱情，你發現了嗎？

三月，春暖季節，正是臺灣百合花開，喜歡自由奔放的百合，林野間，都有她的足跡；無論高山或沼澤，盛開著自由喜悅，環境獨特也淬鍊出獨有性格；而詩句其實隱含更深刻的省思，亦即百合象徵臺灣，也象徵生活在這土地上的臺灣人，因為擁有特殊環境，造就出個性奔放，嚮往自由心，更暗喻：生長此地者，承傳特有性格的養成。

每朵百合猶如人，都有渴求，那百合渴求什麼？「有清新的空氣／有涼澈的溪水／有燦爛的陽光」看似如此簡單的生命需求，為什麼詩人還要寫出來？這首詩內容簡潔，詩意就在讀者如何延伸其意蘊了。如果再仔細閱讀，溫柔百合，她的嬌柔安靜特質，只求一處安穩環境生長，空氣、水、陽光都在臺灣土地獲得充分供應，並且渴望於每次盛開季節中都能安適。百合對應到人，居住福爾摩莎的眾人，不也同樣為了生活如此小的心願奮鬥？嚮往自由的天性，則是與生俱來，不可剝奪！

詩，可以觀察到詩人的愛，對臺灣的關懷，深刻透過百合自敘傳達到未來希望，只需一處安穩環境，就能綻放心靈深根的自由。

愛神如是說

愛情是一首共同譜的歌
愛情是一幅色彩互調的畫

當公主與王子甜蜜攜手走向未來
從此
柴　為生活加把熱情
米　不是唯一的選擇
油　最佳潤滑劑
鹽　增加生活樂趣
醬　提醐人生興味
醋　增添不同刺激
茶　最佳談心時刻

賞析／陳秀珍

不愧為「陽光詩人」美譽，詩人謝碧修詩如其人，總藉由文字傳達她樂觀心性，帶給讀者青天、暖陽。

俗話說：「婚姻是愛情的墳墓」，緣於戀愛中人似乎不食人間煙火，生活中只有唯美的風花雪月，柴米油鹽醬醋茶的現實磨難離他們太遙遠，一旦攜手走入瑣碎煩人的日常，無異從雲端墜入黑暗深淵。

你心中有愛情的圖像嗎？詩人心中的愛情是「一首共同譜的歌，一幅色彩互調的畫」。於此點出雙人協調的重要性，愛情中最懼怕的是彼此失衡、傾斜，像雙人舞。

當公主與王子攜手走向未來，他們該如何面對平凡的日常，以維持甜蜜的情愛？詩人分別以廚房中的柴米油鹽醬醋茶代表現實生活各種面向，給出巧妙有趣的解答：柴，燃起生活的熱情。米，不是唯一的選擇，生活因而不單調。油，像是人際關係不可或缺的潤滑劑。鹽，是最重要的調味品，少了這一劑，生活將無味、難以吞嚥。醬，同鹽一般是重要的調味，堪以提醐人生興味。醋，酸酸的滋味，增添不同刺激。茶，飯後一杯，讓人在煙霧茶香中敞開心談天說地，聊過去、現在、未來，願景也就跟著顯現了！

詩人為我們示範：轉一個角度看人生，生活別有一番滋味！

歪腰的郵筒

四四方方
紅紅綠綠的郵筒
掛著一號表情
沒人感覺到它的存在

每天讀著我們的
快樂　憂愁　和期待
24小時都站在那兒等待
等待你失眠的夜晚
將內心的話寫在芳香的信紙
投入它的心腹內
它將信擁攬在胸懷上
維持熱熱的溫度
送給遠遠思念的人

蘇迪勒颱風神來之筆
把兩個郵筒掃歪了腰
斜斜看人間　　真古錐
讓神經緊繃的
讓政治口水噴滿面的
讓黑箱作業搞到快無望的

鬱悶的生活中
有一個輕鬆的出口

當你認真看待生活而鬱卒時
不妨換一個角度來看看

賞析／林鷺

我們處在電子資訊發達的時代，寄信的方式早已進步到經由e-mail或手機社交通訊軟體，快速傳達訊息；然而，郵局畢竟還存在一定的傳遞性功能。到目前為止，我們依然看得到郵局前面，或街道旁邊，豎立著紅綠兩種顏色，投遞功能相異並列的郵筒。這對於擅長情感投射的詩人而言，當郵筒被看成具有生命的個體時，就不只是表情呆板無趣，而是一種被人們不經意就自然忽視的存在。

當人格化的郵筒表現出詩人眼中任勞任怨、終日無休、熱心分憂，且又樂於體貼傾聽的美質時，讀者可意會的是詩人個性溫暖的間接反射。所以腰桿筆直的郵筒遇到蘇迪勒颱風，不敵強勁風力的吹襲，而改變外型後，卻還能面對身軀的歪斜，換個角度來看待這人間的劇變，非但沒有因此喪失樂觀的本性，反而凸顯輕鬆以對的智慧，並為生活緊張，政治氛圍對立，國家執行政策不透明所帶來，社會集體精神緊繃、情緒鬱悶，意外的緩解與疏通。

這是一首兼具趣味性與啟發性的詩作，即便人們在現實的生活裡，已經不再和郵筒有這麼多人性的連結，其重點還是放在詩人想要傳達的正向人生觀。她希望凡人一旦遇到一些環境不可預期的改變或遭遇時，不妨換個心情來看待或處理，那麼處在看似負面的變局中，就會轉化成一股樂觀圓融的心志與期許。

林鷺作品

林鷺現為《笠詩社》社務委員兼編輯委員、《臺灣現代詩選》編選委員，世界詩人組織成員。自2005年起曾參加我國與蒙古國、古巴、智利、秘魯、突尼西亞、羅馬尼亞、墨西哥的國際詩歌交流活動，以及2015至2020年之淡水福爾摩莎國際詩歌節。

已出版的華語詩集有：《星菊》（2007）、《遺忘》（2016）、《為何旅行》（2017）和《變調的顏色》（2020）。漢英雙語詩集有：《忘秋》（2017）及《生滅》（2020）。

風的容顏——風箏達人的愛戀

捉摸不到的
風的容顏
我該如何向她表白
表白
此生此世的愛戀

啊！風呀風
我愛你
愛你知道天空的寂寞
更愛你
愛你了知逍遙的自在

啊！風呀風
我已然耗盡一生
甘心為你
彩繪多彩多姿的容顏

啊！風呀風
我以一根白髮的寬度
伸向天空的遼闊
感知妳的存在
傾訴對你恆長的愛戀

賞析／陳秀珍

當你非常喜歡一個人的時候，你會不會很想讓對方知道？當你很喜歡風的時候，你如何向風表白？風，無形無狀無氣味；風，來無影去無蹤。風吹過花朵，飄來一片花香，我們知道風存在，但那陣風已飄逝；豔陽下，颳來一陣涼意，我們知道風存在，但那陣風已飄逝；風呀風，自由自在到不被任何人任何物捉住！這般瀟灑不羈的風，連我都羨慕不已！

這首風箏達人向風表白的詩，一開頭就說風的容顏捉摸不到，不知如何向她表白此世的愛戀。因此接下去第二段直白的告白有點像在自言自語，除了愛的告白，也訴說愛上風的原因是風知道天空的寂寞，風了知逍遙的自在。無疑的，這樣的表白內涵，透露風箏達人其實也是知道天空的寂寞，了知逍遙的自在，風箏達人是風的知音，也嚮往像風一般享受寂寞、享受自在。

風箏達人是因為愛上風，才成為風箏達人的吧！風箏達人為心愛的風耗盡一生，甘心為風彩繪多彩多姿的容顏，一隻一隻栩栩如生、五彩繽紛的老鷹、蝴蝶、孔雀、花、葉……都是風的容顏。

風箏成為風箏達人對風告白愛的方式，他以一根細如白髮寬度的風箏線，伸向天空的遼闊，感知風的存在，傾訴恆長的愛戀。從黑髮到白髮，風箏達人對風的愛戀何其美、何其動人呀！

玫瑰的顏色

夜一般的玫瑰的顏色
在冷藏的櫥窗裡
究竟要被拿來送給誰
懷疑她們的品種不夠純淨
或許才能嘩眾取寵
對於路過的眼神

掌握著智者般愛的代言權
即使有九十九朵的熱烈
畢竟還有一朵僅存的缺陷
看不到被隱藏的莖刺
在必然需要包裝的年代
玫瑰有了像夜一般的顏色

賞析／楊淇竹

想像玫瑰，充滿各種色彩，深紅、鵝黃、粉紅、黯藍、亮紫……等，哪一種才是詩人內心「玫瑰的顏色」呢？

第一段，林鷺透露了玫瑰擁有「夜一般」顏色，夜如何在一朵花上施魔法，讓她看起來像深夜呢？原來以象徵技巧，把內在感覺投射到物體，花自然反射出夜神祕的模樣了，如此玫瑰，置於花店櫥窗，被路人匆匆一瞥，眼神似乎就有特別詮釋空間，詩人用客觀陳述，思索該送給何人，並將焦點轉移到花的血統純淨論，不純淨花種猶如跳著特殊舞步，吸引眾多喜好觀看驚奇品味的人。

接著，詩的口吻，馬上轉變至玫瑰傳遞愛的花語，詩使用「代言權」一詞有絕對意味，把愛情長長久久，透過99朵花束傳播；此時，玫瑰不再擺放櫥窗，她有身為花朵的傲人姿態，華麗外表實際卻是依靠商人包裝。然而，即使有99朵美好，畢竟總還會有1朵缺陷在花身上，你可以觀察到其中意涵？

最後一眼

終於知道
老了也會像小孩子
因為看不到媽媽
就躲起來偷偷哭泣

為了看看媽媽
撐著的傘
一路抵擋強力海風的吹折
為了摸摸媽媽的鼻息
無情的雨
打向我急走而汗濕的衣衫

就在這一天
媽媽努力睜開她的眼睛
看了我
最後的一眼

再也找不到媽媽

暗夜裡
獨自不停偷偷地啜泣

原來我只不過是
一個
老了的小孩

賞析／陳秀珍

童幼時期，你可能為了要不到糖果、洋娃娃、玩具車、一件紅外套、一趟遠足而嚎啕大哭或暗地裡啜泣。現在的你，會為何事傷心至極、失聲痛哭呢？你認為人長大了，就能對哭泣免疫嗎？

詩的第一段「終於知道／老了也會像小孩子／因為看不到媽媽／就躲起來偷偷哭泣」。我小時候會因為找不到媽媽而嚎哭，我相信這也是多數人共同的經歷；但長大了，還為看不到媽媽就躲起來偷偷哭泣，似乎有點懸疑，讓人很想一探究竟。

第二段描寫詩人撐著傘，一路抵擋海風強烈的吹折，詩人去看媽媽的意志如傘堅強。為了摸摸媽媽的鼻息，無情的雨打向詩人本就因急走而汗濕的衣衫。生動而深刻地描繪，為了去看媽媽一路所遭遇的艱辛與折騰。

第三段，謎底終於揭曉，「就在這一天／媽媽努力睜開她的眼睛／看了我／最後的一眼」。原來詩人心急地在風雨中趕回家，是為了看媽媽最後一眼；而心繫詩人的媽媽，也在詩人趕回床前時，努力睜開她的眼睛，看了詩人最後一眼。

這最後一眼，含藏最刻骨的不捨、祝福與愛。

人一出生，即用哭聲昭告天下，宣示自己存在；人之離去，至親好友以哭聲與淚水送別。哭或笑，都在抒發、宣洩情緒，是一件再自然不過的事；但哭泣似乎更令人難忘，也更具感人肺腑的力量！這是一首非常感動我的詩！

陳明克作品

陳明克，1956年出生，1986年獲清華大學物理博士學位。1987年加入笠詩社。現任中興大學教授、笠詩社社務委員及《笠詩刊》編輯委員。出版詩集十本，漢英雙語詩選一本，中短篇小說集兩本。榮獲八項文學獎。作品探索生命的意義，常以隱喻表現。參加2016年至2020年淡水福爾摩莎國際詩歌節。

船塢裡的船

它們望著海？
想些什麼？

它們原本空無
吊車吊起鋼樑鐵板
以烈火焊燒切割
連結成船的瞬間
它們就感覺海的呼喚

我終於明白
血肉構成的我
感覺到超乎肉身的呼喚

能不能再清楚一點？
像船聽見海

賞析／楊淇竹

你是否曾在尋常生活發現不尋常？環繞海洋的臺灣，無論在海岸、河岸或港口都可以發現船的蹤跡，這時候你看見船想到什麼？〈船塢裡的船〉透過船與海之間的關係，詩人思考著船是否包藏它自己的心聲？

第一段開頭，引起了好奇心：「它們望著海？／想些什麼？」。船以實際去觀察，只得外表鋼鐵硬材的冷酷，沒有動植物生命跡象，本應不具有任何思想，但是跟著詩人視角去觀看，便有不同的視野去詮釋，它變成有生命的客觀存在體。第二段拉回到現實層面，簡單陳述造船的過程，經由鑄造成為船之後，點出了船與海的密切關係：「感覺海的呼喚」。此刻，船的感官被詩人發現，運用抽象的描摹具體說明船與海的相互依存關係。詩人運用抽象描摹烘托生命的成就，船才能獲得海洋的呼喚。

到了第三段，把視角近距離移向詩人自己，擁有思想的他把「呼喚」連結了船、人與海三者之情感。原本單純凝視船的外在，衍伸出船與海的親密連接，船在三者之間於是扮演中介的角色，整個感官過程中運用船冥想到海，再藉由船對照人的思想與海的相連。最後一段揭露了心聲的來源，詩人渴望著聽見海的內心深處猶如船倚靠海聆聽波濤起伏，而船塢裡的船反襯。

輸送帶

輸送帶不斷往前捲動
數不清的礦石被帶著走
將被打碎重塑
平穩地嗡嗡鳴叫的是馬達
卻看不見

沒有人問過我
我是誰？

礦石在輸送帶上抖跳
劇烈得彷彿想跳走

我每天準時搭公車
到公司、回家

有一瞬我看到逃走的機會
我以畢生之力跳落

如礦石掉落輸送帶的盡頭
那是什麼地方？

賞析／林鷺

工商資訊時代，每個人的生活步調都非常緊張。詩人以一條輸送礦石的輸送帶，來比喻普羅大眾的生活樣貌。

詩以「輸送帶不斷往前捲動」引人聯想一般人的日子，總是在周而復始的輪轉中度過，而輸送帶上「數不清的礦石」彷彿也隱喻著那些數也數不清的常民們，有著如同被「平穩地嗡嗡鳴叫的是馬達／卻看不見」的宿命帶著走的現實。輸送帶的物象激發詩人的聯想，頓然觸動他失落的自我存在感，使他興起「沒有人問過我／我是誰？」的質疑。

第三段描寫「礦石在輸送帶上抖跳／劇烈得彷彿想跳走」其實是多數人對於職場生涯，普遍存有倦怠感的心理投射，這也正是詩人以第四段「我每天準時搭公車／到公司、回家」給予輸送帶式，無趣生活的呼應；然而，比較引人注意的是，接下去出現「有一瞬我看到逃走的機會／我以畢生之力跳落」的自白。這種對於厭煩生活一成不變，又想不受制於現實的抵抗意識，無論是否真能擺脫得掉，必然都會是一個有血有肉、有思想的人不可避免的意圖。

最後，詩人以「如礦石掉落輸送帶的盡頭／那是什麼地方？」來做為一首詩留給讀者自由想像的空間，也意味著一個人的生命價值，如果無法在生活中獲得彰顯，畢竟還是會讓人感到些許落寞與蒼涼。

臺灣之春

對我們蝴蝶而言
臺灣的春天是詭異的

我被溫柔的聲音喚醒
長出翅膀
身體探出破損的囚籠
卻看到殘缺的薄翼
佈滿草地
隨著春風顫抖

遮住陽光的草叢深處
我找到粉退翼殘的蝴蝶
他曾像我一樣迎向應許的春天
突然泛著光芒的草地
他們含淚歡呼
到處奔跳
彷彿草地長出跳舞的花朵

但不知誰的指引
寒流從北方跨海而來
黑色的天空突然翻滾、撲下

寒風夾著豆大的雨
一路撲殺
一路擊碎飛舞的翅膀

我躲在被雨打傷的花朵下
陰沈地叫喚寒流的聲音
越來越大膽
我徘徊盤旋
陽光忽明忽暗
溫柔的聲音卻不曾中斷
我壓抑不住我的翅膀
應著呼喚用力的拍擊

我們會有應許的春天？

賞析／陳秀珍

春天是一年裡最美最神奇最富生機的季節，本當萬象更新、萬物和諧；然而蝴蝶（美的化身）卻反常說：「臺灣的春天是詭異的！」詩在第一段就引人好奇，想要趕快往下揭密！

蝴蝶被溫柔的聲音喚醒，呼喚聲可能來自母親，可能來自造物主，可能來自大自然……。蝴蝶羽化（蛻化）時，長出象徵自由的翅膀，身體脫離有如囚籠的蛹。在這生命大翻轉的美好時刻，蝴蝶卻看到殘缺薄翼佈滿草地，隨春風顫抖的殘敗驚心景象，這怎會是我們心中大好的春光？

蝴蝶進一步往下看，在草叢深處找到粉退翼殘、生命力耗竭的蝴蝶，引發物傷其類的感傷。這些殘敗的蝴蝶也曾經歷與其相同的過程：被溫柔聲音喚醒，以彩翼迎向應許的春天，在春草上因感動而含淚歡呼舞蹈……。眼前這些蝴蝶的慘況，會不會是自己即將遭遇的災厄？

第四段明白指出這春天的反常異相，是出於誰的指引，使得寒流從北方跨海而來，引發暴雨撲殺了群蝶。原來不安好心的兇手違逆天意，亂了大自然的規律！風雨飄搖中，呼喚寒流的陰沉聲音仍然不間斷，而且還越來越囂張；相對的，呼喚聲也聲聲不斷鼓舞蝴蝶的翅膀。這是生死的殘酷戰場，關鍵時刻蝴蝶奮力拍翅呼應溫柔的力量，為臺灣的春天帶來一線光明的希望！

林盛彬作品

林盛彬，1957年生於臺灣雲林。西班牙馬德里大學文學博士、淡江大學中國文學博士與法國巴黎第四大學藝術史博士。曾任《笠詩刊》主編、淡江大學西語系主任、法國巴黎第四大學東亞研究中心訪問學者。現任淡江大學西語系副教授。著有詩集《戰事》（1988年）、《家譜》（1991年）、《風從心的深處吹起》（2002年）、《觀與冥想》（2010年）、《風動與心動》（2012年）等。

早安，臺灣

「美麗」是否已成往事？
母親為何是個淚污滿面的島？
歷史的創傷漸癒
隱伏在土地上的老鼠
卻在暗中割裂出賣妳的靈與肉

妳哭泣，因為稻米水果在重金屬汙染中被謀殺了
妳哭泣，因為妳深愛的河川被怪手與工業廢水綁架撕票了
妳哭泣，因為被濫建的山坡活埋了我們明天的希望

是否因為傾瀉的泥流
才讓人想起土地的傷口？
是否輓歌悽厲的節奏
才讓人決心走出自私冷漠的城垛？
風不是第一次威嚇封鎖我們憂心驚懼的街市
我們也不是第一次淪落風雨哀悼死亡

太陽出來了
臺灣，我們何時才會醒來？

19-10-1998　賀伯颱風過後

賞析／陳秀珍

傳說十六世紀葡萄牙人航海時發現臺灣，不禁脫口喊出：「Ilha Formosa！」（美麗島）。可見臺灣原本是令人驚豔的美麗島，「福爾摩莎」也因此成為臺灣的代稱。

詩人在1998年賀伯颱風重創臺灣過後寫下這首詩。經歷過這場災難的人，想必對當時慘重的災情記憶猶深。災難略分天災與人禍，颱風自然是屬於天災，但細究之下發現原來人禍在先，以致天災加上人禍，災情一發難以收拾。一場颱風揭發人的自私自利、人的自作孽、人的咎由自取！

詩在一開頭既是發問也是控訴：「『美麗』是否已成往事？／母親為何是個淚污滿面的島？」「美麗」與淚污滿面實難畫上等號。生於斯，長於斯，臺灣是我們的土地，我們慈愛的母親。臺灣有複雜苦難的歷史，經過黑暗的殖民統治，總算迎來光明的自由民主；但芬芳的土地上總不乏宵小鼠輩，暗中割裂出賣母親的靈與肉。

第二段說明造成母親淚污滿面的原因：種稻米水果的土地被重金屬汙染了，河川被怪手開挖被排放工業廢水，濫建的山坡造成土石流；這些出賣土地、傷害母親的行徑，埋葬了我們的明天！

一場風災，讓我們看到人對土地的無情傷害，風災過後人們是否能夠痛定思痛，不再傷害我們的環境？畢竟這不是第一場颱風，也絕不會是最後一場，如果傷害繼續，下一場颱風我們要如何安全度過？

詩看板

2016淡水福爾摩莎國際詩歌節

在淡水殼牌倉庫
室內展覽空間裡的叢林
或粗或細的詩幹各自挺立
密密麻麻的詩葉
散發清新的芬多精

世界各地的品種
附上簡介說明
詩看板
建構了一座四季的植物園
看板前的詩集
藏著被物化的樹林記憶

世界氣候在暖化
熱帶雨林繼續被砍伐
那些說不清理由的戰事仍爆發
為那每一頁有理由悲傷的紙
每一座詩看板
無法不呼吸不說話

賞析／楊淇竹

詩人林盛彬參加2016年詩歌節活動寫下感想，他透過眼前一幅幅詩作看板，所引發的冥想。讀了這首詩，改觀了華美文學造詣手法，運用明瞭象徵意象，詩文也可以貼近生活，就像林蔭樹林，環繞著我們四周。

開頭把殼牌倉庫的室內展場點出來，此地林立許許多多看板，均為了舉辦詩歌節推動的活動，挺立的看板看起來與樹木雷同，詩句猶如茂密枝葉，向來參觀的人展示詩意。以詩喻為樹，產生的芬多精，正如同詩意鼓舞人心。好的詩句能改變讀詩者的心靈；詩的批判精神，亦能使人察覺社會的現況，詩人將寫作的意圖透過樹木的簡單意象，予以發揮出來。當然，這場展覽除了有臺灣詩人作品之外，還陳列來自世界的詩人創作，國度的空間無限擴展，在沒有藩籬的詩界線，詩人林盛彬還看到了什麼？

最後一段，拉到現實生活裡的樹木，探討其產生的議題。暖化或雨林砍伐問題仍然是目前極為關心的問題所在，樹木製造人類生命空氣所需，卻因為過度消耗資源，面臨到全球暖化的危機，或雨林區逐漸減少的困境。而人類的貪欲也在戰爭上付諸行動，這時候樹轉變了形貌，成為我們眼前的紙張，以詩記述內心的悲傷。最終，回歸到詩看板，清楚表明：每首詩都載負詩人創作的內心批判，觀看詩閱讀詩，你將體會詩的奧祕，在茂密森林中，領悟詩的內涵與真義。

淡水暮色

臨著河面
看妳用雲霧的手巾
遮掩山的秀容
妳藏不住的思念
從燈火照亮的柑仔色眼神溢出
在水面流連

青藍的水影
暗藏淡水河悠長且深沉的波光
那牽動的感情何止萬千
啊，這是最適合吐露真情的時辰

堤上那些釣魚的人
無視遊船滾笑的膨風水花
因為等候的
是妳在魚竿上輕輕的親吻

在埔頂的畫室裡
我想描繪妳的身影
但我如何調出妳漫長故事的複雜顏色？
暖色調的正面
無法表達背影藍與紫的滄桑

看清情感的波動
需要距離和高度
尤其是關於歷史和靈魂
擁抱的才不至於落空

淡水的暮色
是土地的戀歌
妳的愛鋪滿河面
那條生命動脈的淡水河
在世界昏暗之前
只有妳的顏色
能訴說我對這山這水的深情

賞析／林鷺

淡水以朝曦暮霞聞名遐邇，尤其黃昏時刻，更是一個能夠讓人卸下征戰一天疲累後，安步輕車的好地方。

這首描述淡水河的詩作，把淡水河擬人化，以向戀人傾訴的方式進行鋪陳。開頭用「看妳用雲霧的手巾／遮掩山的秀容」的詩句揭開淡水河美麗婉約的面紗，生動描述燈火照射下河面的波動，彷彿溢出讓人流連的「柑仔色」（橙色）眼神，讓詩被容許的超現實美感，產生視覺跳動且富色彩的畫面。

第二段詩人藉景抒情，帶領讀者深入探索淡水源遠流長的歷史，讚嘆他所面對的美好景象，就在適合對淡水河「吐露真情」的時辰！又把焦點轉向第三段河堤邊垂釣的人專注等候魚竿的動靜，無視遊船駛過激揚水花的場景。

第四段戲劇性暴露詩敘事者所在的位置「在埔頂的畫室裡」，以提升對於淡水河色彩千變萬化的導引，表裡都存在值得探索的史地情境，並給予第五段該如何去擁抱的提醒。最終，詩人所要表達的〈淡水暮色〉就落在河與土地日夜相連結，所帶來靈魂深處的感動。

戴錦綢作品

戴錦綢，1959出生於臺灣臺南市，護理師，國立成功大學附設醫院泌尿科組長退休。出版有詩集《誕生》。創作文類有散文，亦寫詩，主要反映醫院中病人的痛苦與死亡。參加2009年和2017年在蒙古舉辦的臺蒙詩歌節、2014年在古巴舉行的國際詩歌節、2015年臺南福爾摩莎國際詩歌節、2016年孟加拉卡塔克國際詩人高峰會、2018年淡水福爾摩莎國際詩歌節。

觀音山殘月

在她胸懷中倘佯
詩人的腳步駐留
詩語在空間迴盪
逐漸福爾摩莎

中秋已成歷史
淡水河洗滌殘月影
伴著山影綽綽
在夜涼中

百年倉庫留住的
不止百年
詩的美麗留住
詩人的影跡留住

觀音雖只留住殘月
我一步一步
在淡水河畔
踩出一首一首詩

賞析／陳秀珍

多少畫家來到淡水，為觀音山留下多采多姿山影。感動畫家的名山勝景，必然也能啟發詩人靈感，留下雋永詩篇。自從2016年淡水福爾摩莎國際詩歌節在淡水舉辦以來，國內外詩人的確為觀音山留下許多面向的詩。觀音山不高但異常秀麗，吞雲吐霧時尤其靈氣逼人，比起晴麗的天氣，或許更讓人迷醉。

這是詩人參加2019年淡水福爾摩莎國際詩歌節後寫下的詩。第一段點出空間。觀音山被視為女人山，詩人在她胸懷倘佯或駐留，美景激盪詩人，引發詩語迴盪在山水間，逐漸美麗……

第二段點出時間。中秋甫過，時序進入深秋，入夜微涼，山影與殘月都在淡水河中倒影。詩人說淡水河洗滌殘月影，月影究竟會被洗掉或越洗越清明呢！至於觀音山，是洗滌不掉的淡水意象，繼續躺在河邊、繼續倒影、繼續被畫被寫，觀音山其實是一座故事與歷史的倉庫。

第三段寫到詩的展場－百年古蹟殼牌倉庫。國際詩人的詩作被用書法形式彰顯，展示在百年的倉庫牆壁上，昔時的臭油味消逝了，詩的美麗與詩人的影跡留住了！

末段，詩人來淡水雖未逢滿月，但觀音殘月已教詩人靈感泉湧，在金色水岸踩出詩篇不斷！

整首詩，讓我感覺文字是洗滌不掉的月影！

落葉

因為風的召喚

於是

離家出走

離開母親的懷抱

溫暖滋潤的所在

隨處漂遊

找尋一處休息

逐漸孤寂

只有風輕輕撫慰

那漸漸沈靜的身軀

夢見母親再一次的擁抱

賞析／楊淇竹

〈落葉〉圍繞在親情，把母親與遊子的關係，比喻為樹木與落葉。

全詩內容簡潔，聚焦在樹葉因為風離開了樹，以說明遊子離家的行為。詩的動機則是透過風的吹動，讓葉子產生好奇，以獨身經歷孤獨闖蕩的感受，來喚起他思念母親（樹）的懷抱。詩人點出母親養育子女付出的辛勞，有如樹木不斷供應葉子養分的「溫暖滋潤」。現實生活中的母親也是不計代價養育兒女；然而，相較於在家享有母親的關愛，離家遊子必須承受各種境遇的應對，勇往向前漂遊，偶有停歇休息，缺乏母親陪伴的旅程，感受著內心的孤獨。最終，葉子飄落到地上，沉寂起來，風依舊還會吹動，離大樹卻已遙遠，只能依靠夢來思念遠方的母親。

落葉的隱喻就是對母親抒發的想念。詩人用「擁抱」的動作，來表達母親在孩子生命中的定義，藉由「懷抱」、「擁抱」，足以將母子親情真切呈現。這首詩令人感動的關鍵是，詩人沒有突顯親子間的瑣事，直接把思念具體化，人因為感受到寂寞孤單，才會回想起母親懷抱的溫暖，兩者對比，突顯了母親的偉大。

你有多久沒有與母親擁抱？在尚未離家之際，母親永遠在旁照料，她的辛苦也許不容易被體會，然而簡單的擁抱，即是孩子給予母親最窩心的回饋。

在生命的盡頭唱首歌

白色和黑色不是我的選擇

悲傷的哭泣聲也不是我愛聽的

五彩的玫瑰花才是我的最愛

我將以微笑和你告別

請用你美妙的歌聲送我一程

在黃昏的時候我要回到故鄉去

夕陽展開她的笑容

小鳥唱出牠的快樂

請你用快樂的心情送我返回故鄉

故鄉的山呀！故鄉的溪水呀！請你一定要等我！

我會微笑著回來！

賞析／林鷺

誰都知道生命有開始就有結束，生的旅程長短無人知曉，因此人類對於這個嚴肅的課題，經常有所探究。新生固然帶來喜悅，終亡也自有不同面對。記得有一位罹癌的女作家，選擇在生前為自己的終將別離，提前舉行了一場非常溫馨感人的生前告別式。她的想法在於既然已經知道活的日子所剩不多，與其死後領受不到親友的愛，不如趁一口氣還在時，瀟灑快樂的說再見。

這首〈在生命的盡頭唱歌〉就是出於這種人面對生命的消亡，內心很不一樣的心聲。一般而言，為了表達哀淒，喪禮上人們共識的衣著顏色，不是白就是黑；尤其近代普遍受西方文化的影響，一般都著黑色衣著參加葬禮；所以故事的主人表白他不喜這兩種顏色，最愛的是告別式上，大家能為他送上五彩的玫瑰，也希望愛她的人最後參加送別時，能夠用美妙的歌聲來取代悲傷的哭聲。

詩中的「黃昏」和「故鄉」其實是詩隱喻的一種手法，讀者理解起來並不困難。而整首詩的重點也因此給人生命豁達安適，充分表達一個人喜樂回歸故土的修為。

陳秀珍作品

陳秀珍，淡江大學中國文學系畢業。出版散文集《非日記》（2009年），詩集《林中弦音》（2010年）、《面具》（2016年）、《不確定的風景》和《保證》（均2017年）、《淡水詩情》和《骨折》（均2018年）等。參加2015年臺南福爾摩莎國際詩歌節，2016年孟加拉卡塔克詩高峰會、第20屆馬其頓奈姆日國際詩歌節，2017年秘魯第18屆柳葉黑野櫻、巴列霍及其土地國際詩歌節，2016~2020年淡水福爾摩莎國際詩歌節，2018年智利詩人軌跡國際詩歌節，2019年越南河內國際詩歌節及墨西哥鳳還巢國際詩歌節。

臺灣雲豹

以臺灣雲豹之名
活在傳說中
像一片落葉
飄逝於群山霧中
像一片薄雲
被風捲進歷史

從一隻貓咪謎樣眼睛
想像你美貌與機靈
從雲朵想像你
毛皮上黑斑點點
從博物館標本揣摩你
飛奔在昔時茂林

人類侵占你生息領地
人類害你獵物短少
人類殘殺你族群性命
最後連玉山大武山都沒有你
繁殖之地

賞析／林鷺

2016年有一則新聞報導說，臺美學者組成的追蹤臺灣雲豹團隊，在2013年就已經悲傷宣告「臺灣雲豹絕跡」，只是究竟有沒有臺灣雲豹的存在，一直都是一個謎。雖然，這則報導也說，臺灣雲豹在國際自然保護聯盟IUCN紅色名錄中，早已標示「滅絕」，但牠目前仍名列臺灣保育類動物名單「瀕臨絕種」。既然有名錄，我們或許寧願相信牠們的存在，不只是一個美麗的傳說吧！值得哀傷的是，動植物物種的滅絕不會只有這一種，一切的存在正在成為消失的進行式。也因為如此，所以詩人把心中鮮活的臺灣雲豹形容成「像一片落葉」、「像一片薄雲」般，失落於飄渺的悵然傳說。

根據傳說，臺灣雲豹的棲息地很可能分布在南部大武山區、玉山、太魯閣、雪霸山區一帶。由於豹屬於貓科動物，牠有比貓眼更神祕的美貌，也懷有貓科動物特有的輕盈身軀，所以詩人說她從雲朵去想像豹，從博物館的標本去揣摩牠昔日活躍深山茂林的輕巧身影；只是，詩人看到的標本究竟是不是真正的臺灣雲豹，恐怕勿需過於認真追究了吧？因為詩人寫這首詩的主要意圖，在警告，並指控：造成今日物種逐漸消失的罪魁禍首，其實就是人類的貪婪與不知節制所造成的後果。我們最該認清的事實是，所有的動植物都和人類最終的生存息息相關。

銅像

連回頭的能力都沒有
銅像站在
人為墊高的基座上
睥睨天下

咀嚼了
數十年的歷史
如今
吐不出一絲記憶的殘渣

目中無人的銅像
迷失在時空錯亂的路口
發呆了多少歲月

站在歷史的轉捩點
銅像是
找不到路的失智老人

賞析／楊淇竹

你曾經留意銅像嗎？在路過小路、學校或是公園，可有引起令人注意的銅像？銅像在臺灣過去歷史意涵，代表一種追思、紀念，通常是為了紀念特殊人物貢獻，也有追思執政者政績，經過時間荏苒，銅像擁有的崇高地位將被重新思考，這就是陳秀珍〈銅像〉出發點！

首段，用「睥睨」堆疊出銅像的現實地位與銅像人本身之位階，此時居高臨下，卻對比「連回頭的能力都沒有」，形成閱讀時的諷刺感，無比威望與有限能力，刻劃著銅像者本身的衝突，詩人詮釋了塑造「威權」的銅像，也有（銅像）無法伸張的弱勢。

被人以權勢同列的銅像，還有什麼樣處境？

詩人發現到一些端倪，對於歷史而言，銅像是排除在外，她用「咀嚼」把「記憶」帶出來，詩陳述：即使過了以十進位的時間，歷史仍對他毫無關聯，因為不相關，所以咀嚼不出任何殘渣。「目中無人」肖像，卻與「發呆」連結，此眼神呆滯的銅像，與現代或過去格格不入；最終，揭露出，原來此銅像是歷史的「失智老人」。

〈銅像〉，語氣雖然平和，卻深刻地達到批判，值得令人深思。仔細思考，銅像堅硬鞏固的外在，早已代表它建造時的意圖了，無論是日治時代或是國府時期，刻意形塑執政者角色，事實上，均無法經過時間來考驗，當歷史再度重省，便是這些銅像者失智的開端。

淡水

淡水小鎮
住在蔚藍天空下
依偎綠色海洋

火車運走一節一節舊時光
捷運列車載來一波一波新人潮

我青春的舞步
曾踩亮淡江大學宮燈大道

馬偕讚歎過的夕陽
如今在漁人碼頭垂釣
人群如魚聚集

觀音依舊堅持仰臥峰頂
迎接你遠道來獻詩

甚麼是淡水小鎮幸福時光
不是舊時光
不是新時光

從右岸渡到左岸

從花落走向花開

和你並肩走進時間迷宮

將是我此生

最美好時光

賞析／林鷺

淡水是臺灣北部最具歷史意義的海港市鎮，也是對臺灣貢獻厥偉的標竿人物，馬偕醫師搭船來臺傳教上岸的地方。淡水以美麗的海景和夕照聞名，如今更是臺灣民眾休閒旅遊的熱門景點。過去，淡水的對外交通，除了公路，就是鐵路，直到政府興建大臺北捷運交通網，通往淡水的火車便成為歷史。我還記得我們全家和許多懷舊的人一樣，曾經搶搭臺北通往淡水鐵路的最後一班緬懷列車。這就是為什麼詩人在〈淡水〉這首詩的開頭，簡要陳述淡水小鎮的地景，接著以火車和捷運來劃分淡水今昔迥然不同的原因所在。

詩人在第三段接續告訴讀者，原來她曾經就讀淡江大學，所以和淡水這個地方的舊時期，早就有了生活情感上的連結；雖然淡水的夕陽和觀音山依然不變的存在，改變的是拜捷運交通的便捷所帶來，與當初決定在淡水生根的馬偕醫師，恐也料想不到的觀光人潮。

詩的閱讀在這裡的精采是：詩人把夕陽和觀音山擬人化，讓夕陽可以垂釣如魚一般聚集的人群，讓恆常存在的地景觀音山讀來像親切神聖的人間菩薩。然而，詩人在最後兩段，卻突然淡化前面的一切鋪陳，把淡水小鎮最幸福的時光，導進她自己此生最美好的期盼，是想望和最在意的那個「你」在時間的迷宮共度，並不在意淡水究竟處在新時光或舊時代裡。

簡瑞玲作品

簡瑞玲，學者、詩人、翻譯家，現任靜宜大學外語學院祕書，兼任逢甲大學進修推廣處西文講師，曾任靜宜大學兼任講師、僑光科技大學應用英語系兼任講師。利玉芳詩集《島嶼的航行》、陳秀珍詩集《保證》西班牙文譯者。參加2015年臺南福爾摩莎國際詩歌節，2016～2018年淡水福爾摩莎國際詩歌節，2017年和2019年秘魯第18屆和第20屆【柳葉黑野櫻、巴列霍及其土地】國際詩歌節，2017年於秘魯國立特魯希略大學發表西班牙文論文〈熱愛土地與承諾社會的詩人：巴耶霍與李魁賢〉，2019年越南河內國際詩歌節及墨西哥鳳凰巢國際詩歌節。

我的浪

時間是循環不滅的波浪
起跑後，沖散了先前的足跡
不停往前奔去
但我仍然盼望
在每一個波浪必然的到來前
你我之間，在那一瞬間
將永遠被停住

賞析／陳秀珍

多年前，幼稚園的小孩問我：「時間是甚麼？」

多麼深奧而難以回答的好問題啊！我已經忘記當時給出的答案，至今我仍時常回想這個有意思的問題。「時間是甚麼？」每個人的答案不盡相同；每個人對時間的體會，還會有階段性的不同。

時間讓春天發芽，讓夏天開花，讓秋天結果，讓冬天休養生息。時間呈現在人身上也有四季的變化。

小時候，我覺得二十歲的阿兵哥已經是很老很老了，不知不覺中我自己早就跨越過了那樣的年紀。小時候的一天好像很漫長；長大以後，感覺二十四小時只是一眨眼的工夫。心理時間與物理時間不等長，尤其在悲傷或歡樂時刻，悲傷的時間似乎走得比烏龜慢，歡樂甜蜜的時間又逝去如飛。

不論你對時間的體會是甚麼，唯一不變的共識是：「時間一直往前走，不論你如何挽留如何哀求，時間永不回頭。」正如此詩所謂「時間是循環不滅的波浪」。

波浪是無法遏止的時間，也是人生中的事件，必然來到，也必然流逝，有如在沙灘上賣力留下的足跡，終必被沖散無痕。時間無情無緒，人卻多情且深情，儘管理智上十分清楚時間留不住，卻還是深刻期盼，在浪來浪去之間，在被浪抹去足跡之前，你我感動的瞬間，可以在心理上永恆不滅。

再見，再見

下車的女孩，對著淡水捷運站說
正要進地鐵的男孩，對著漁人碼頭說

漁船對漁港說
漁港對漁船說

再見，再見

鐘聲響起，一遍一遍對著鐘樓說
街燈對匆忙的城市說

再見，再見

明天，我也將說
將對今日的自己說

再見，再見

賞析／楊淇竹

〈再見，再見〉是首輕快的詩，重複出現的「再見，再見」，沒有讓離別增加傷感，反而充滿了對淡水的留戀。

詩的主角，圍繞在男孩、女孩說再見的瞬間，由他方來到淡水，一句告別的再見於捷運停靠站，送來了旅客的遊玩興致；同一時間，向漁人碼頭揮別的再見，載走遊玩後的美好回憶。簡單的再見，如同每日往返靠岸離岸的船隻與漁港，淡水的觀光人潮，便是如此頻繁地來來去去。詩人捕捉到生活的小動作，應用在她所見的車站情景，同樣讓「再見」於鐘聲與鐘樓、街燈與城市之間，也存在微妙的道別關係。她把「再見」烘托在鐘聲向鐘樓訴說的再見，讓敲響的聲音離開製造聲音的鐘，別有一番韻味，而這兩者之間進行的例行性機械動作，卻意外引發離別的意味。

鐘聲遠離，鐘仍在原地等候下一次敲鐘，再次與聲音離別。最後，聚焦在「我」的身上，突出主題將告別昨日的自己。詩透過詩句的層層抒發，一句輕快的道別語，製造出不同場景的聚散；而詩人內心真正突顯的是：昨日種種訴說再見，朝向明日未來的無限美好。〈再見，再見〉充滿希望，在人生道路上，無論境遇如何，抱持樂觀開朗的心，再見的離別感傷，也可能瞬間轉化成積極的想願。青春時光快速飛逝，把握當下，向今日的我，大聲揮手說出——「再見，再見」。

妳的行李

去程
登機行李限重七公斤
精簡再精簡
理去一切想要的不需要
終於合乎規定
妳以七公斤登機
無須額外託運
回程
妳攬一本又一本詩集
格外清脆那異國錢幣
織滿印加帝國的拉丁紋路
張張車票的遠颺軌跡
女詩人的腕鍊
他的話語
秘魯人民的擁抱
和著妳朗誦詩詞的樂音
帶不走的
超載妳行李

賞析／林鷺

這首詩的主題一開始就告訴讀者，寫的是一個和登機行李有關的事，所以引發一只飛航限重七公斤的行李箱，究竟能裝得下什麼新鮮故事的好奇？其實，一般人上飛機前，如果不想因為行李超重，被航空公司收取超額運費，難免會為行前行李的取捨煞費一番思量；尤其女性乘客，通常想攜帶的行李千奇百怪，裝箱的衣物也總是比旅行中，真正用得到的多出許多；因此，行李最終雖然合乎重量的規定，過程中那句掙扎後「理去一切想要的不需要」的話語，還真是引人會心一笑呢！

事情的關注是，去程即便行李的重量合乎規定，回程卻未必可以拿捏恰到好處。詩的主角顯然去了遙遠的拉美國家秘魯，去的目的從她說帶不走的是「一本又一本詩集」和「妳朗誦詩詞的樂音」來推測，她應該是去參加一個和詩有關的活動。這個活動的行程非但精采，還使她獲取有形的各種禮物，和非比尋常的美好友誼。因此，詩最後一句「帶不走的」指稱，顯然意在：有形的禮物幾經取捨，或許還帶得走，美好的回憶，和無法秤重的友情，卻不是一只行李箱帶得走的重量。

楊淇竹作品

楊淇竹，輔仁大學比較文學博士候選人，研究領域為1930年代東亞文學，2010年出版碩士論文《跨領域改編：《寒夜三部曲》與其電視劇研究》。在李魁賢教授指導之下，加入「詩子會」，從2014開始發表詩作於《笠詩刊》。出版詩集《生命佇留的，城與城》（2016年）和《夏荷時節》（2017年）、《淡水》（2018年）。參加2014年智利第10屆【詩人軌跡】詩會，2016至2020年福爾摩莎國際詩歌節，以及2017年秘魯第18屆柳葉黑野櫻、巴列霍及其土地國際詩歌節。

悼念的骨骸

玻璃展示千年的骨骸
在家對岸的八里
曾經暫居人種
我好期望向她
屈膝，傳達親切溫暖
我也時常抱屈入睡
死亡沒有在博物館
飄出驚悚，反而安詳

開挖遺址時
轟隆巨響的挖土機
肯定驚擾許多眠夢
還有許多殘屍……
破碎的夢
怎麼才和眼前陶罐被修補？

最終，污水場成立
十三行博物館成立
人，永遠擔心處理廢料
人，只記得博物館在哪
他從不知如何尋找
根

賞析／陳秀珍

你喜歡博物館嗎？你去過那些博物館？各種主題博物館有挖掘不盡的知識寶藏，大的博物館甚至像一部無所不包的百科全書。

詩人住家對岸的八里有十三行博物館，博物館是十三行遺址所在。遺址出土了大批和墓葬相關的人骨及器物。依出土的姿勢與方向，人骨的姿勢可分為九大類型，其中最值得探討的便是屈肢葬。屈肢葬是臺灣先住民及部分現今臺灣原住民主要的傳統埋葬方式。

十三行博物館玻璃櫃展示千年的骨骸，是曾居住在十三行遺址的十三行文化人的遺骸。詩人好奇望向這暫居人種屈膝傳達溫暖親切的問候。由千年骨骸屈肢的姿勢，連結到詩人也是抱屈入睡，因而產生無限的親切感。千年骨骸屈肢永眠，與生者抱屈入眠呈現的暫時死亡，並沒有飄出驚悚感，反而使人感到勞累後獲得休息的安詳。事實上，胎兒也是以屈肢的姿勢在母體子宮呈現安詳。

1990年至1992年八里污水處理廠在十三行遺址上興建，考古學家在粗暴的開挖機轟隆聲中進行文物的挖掘和搶救。詩人為暫居的人種設想，當時挖土機的轟隆巨響，想必驚擾許多眠夢還有許多殘屍……，而殘破的夢要如何才能如人面陶罐一樣被修補？

污水處理廠成立多年後，博物館也成立了。一個人面陶罐猶可用其碎片拼成完整面目，一個九分之八慘遭破壞的遺址，如何拼湊其完整的文化面貌？詩人因而感慨人類短視，只擔心廢料，無心追尋生命的根源！

哪裡的國力

我們需要國立
為了証明
國力

農民手摘的翠玉白菜
香甜美味
價值　秤斤兩
故宮保存的翠玉白菜
晶瑩剔透
價值　秤外交

我們需要國立
為了証明
哪裡的國力？

賞析／林鷺

臺灣對於「國家」認同，在臺澎金馬的實質轄區內，目前還處於自我分歧的困境裡。可記錄的臺灣殖民史從17世紀有荷蘭和西班牙在臺灣西南部和西北部分治，後來荷蘭人趕走西班牙人，明鄭又趕走荷蘭人，而視臺灣為蠻夷之地的中國清治時期，卻因為中日甲午戰爭失利，竟然把臺灣拿來割讓給日本，造成臺灣為時五十年的日治殖民歷史。二戰日本戰敗，中華民國將領代表同盟國接受在臺日軍的投降，後來國共內戰，國民黨政府被迫從中國流亡到臺灣來，共產黨也在大陸成立「中華人民共和國」卻聲稱對臺灣擁有主權。

基於這樣的背景，詩人開頭就說「我們需要國立／為了証明／國力」。試想：如果我們不是一個國家，那麼境內有那麼多「國立」大學、中學，甚至小學，也有那麼多「國立」相關機關與單位隸屬中央管轄，那麼如果臺灣不是一個國家，所謂的「國立」豈不是一種荒謬的自我定義？因此，詩人的表述其實是基於法理立國的邏輯思維。她以第二段詩的主體，佈置農民手栽的可口翠玉白菜，和「國立」故宮歷史博物院的國寶翠玉白菜，來提示同一名稱，兩種截然不同屬性的價值對照，闡釋一國內外必須共存的價值，才是以國立根的必要。最後，詩人尚且拋給讀者一個巧妙的引線，去興發讀者探討問題的思考。

島形鳳梨酥

嘸下島形鳳梨酥
包裹商家食品保證
富含關廟土鳳梨
酸與甜
遺忘古早冬瓜餡

幾十年前，鄉村
盛產大冬瓜喜愛
分享一塊塊
堆砌鄰居間溫情

無法食完的剩餘
糕餅師善用
煮熟加翻炒
保存珍惜之傳統

現今島形鳳梨酥
改用土鳳梨
盒裝島國的華麗
融合熱帶酸與甜
散佈在商場：正宗的酥餅

觀光客

只懂嘴裡的臺灣

賞析／林鷺

不知何時，臺灣鳳梨酥竟然成了各國觀光客來臺排名第一的熱門伴手禮。商家爭相研發各種不同口味的鳳梨酥，政府為了推行觀光產業，經常舉行食品比賽，得獎的商家客戶絡繹不絕，為我國增加不少產值。早期傳統口味的鳳梨酥，內餡多由冬瓜製成，這和「鳳梨」兩字的名稱其實很背離。

近些年來，有些商家積極研發善用臺灣在地盛產的關廟鳳梨，來製作名符其實的「鳳梨酥」。臺灣民主化後，商家更逐漸懂得在產品上標誌真正屬於原產地的產品，鳳梨酥因此以土鳳梨的在地口味崛起，並廣受歡迎。後來聰明的商人想到開模來製作臺灣形狀的鳳梨酥，等於順便把臺灣的形象也跟著推介出去。這首〈島形鳳梨酥〉便是來自詩人品嚐這種鳳梨酥得來的創作靈感。

詩人在前三段分別交代了臺灣鳳梨酥的歷史過程與製造源由。我們因此知道一塊小小的鳳梨酥，竟然包含了過去臺灣鄰里的溫情相處，以及農家對於過剩物資的節儉與愛惜，無形中提醒讀者食物其實也包藏一種文化的特殊傳承與深度。那「融合熱帶酸與甜」的口味，彷彿在告訴我們生活的滋味同樣有酸也有甜。或許一般觀光客並不像專業的文化美食家，去深究某種食物背後的意涵，當他們把一顆島形鳳梨酥送進嘴裡，其實臺灣被濃縮的意象也已經傳輸出去。

王一穎作品

王一穎，1990年生，喜歡臺灣歷史、文學與電影。真理大學臺灣文學系畢業，目前就讀於國立臺北教育大學臺灣文化研究所史學組。現為淡水文化基金會企劃專員，連續參與2016~2018年淡水福爾摩莎國際詩歌節工作團隊，並於2017年開始把寫詩當作日常習慣，近期詩作散見於《笠詩刊》。

南方小羊牧場

大風吹，所有人低頭
把自己埋進一疊疊考卷裡
影印機複印的轟隆聲好吵好吵
只有我聽得見油墨拓在你貪睡的
左臉，慢動作播放

榜單上那些名字的主人
都找到正解了嗎？
腦洞填塞太多擁擠的志願
先逃跑的，反而得到最高分

羊決定要離開牧場，野狼
開始從一數到一百
數完才發現找不到的答案
根本只剩寓言
青春殘酷，沒有任何補習班

我會折更多紙飛機悼念
射向天空，童話般飛高飛遠
就能留下南方小羊
在這條街上回眸的樣子了

賞析／陳秀珍

這首詩道盡臺灣學子「青春殘酷」的集體經驗。

「考試！考試！考試！」成為臺灣學生的日常，學校從早自習開始考，考到放學換補習班考，沒完沒了的考考考。考卷疊起來，比課本還要高；考卷圍起來，成為一道圍困青春的牆。一代一代學生，走在相同的頻頻應考的長路，心中雖然拒考，但還是不得不把自己淹沒在考卷中。我自己在大學畢業多年後，竟然反覆做著考試不及格，無法順利畢業的噩夢！

教育現場是一座牧場，學生是乖順聽話的綿羊，吃一樣的草，做一樣的升學明星學校的夢。猛啃牧場給的統一的牧草，腦洞塞滿被給予的考題和正確的解答，沒有消化，反芻不出青春的樂趣！

第一段寫到「影印機複印的轟隆聲好吵好吵」，因為影印的是考卷，轟隆聲只會更加讓人疲憊與煩躁；詩人也在複印相同的日子，不斷應付大考小考。其自謂的貪睡，其實是被多到考不完的考試，弄到精疲力竭，或根本睡不夠！

青春殘酷，的確沒有補習班教我們如何度過青春，只有考試補習班要求我們走一樣的升學路，給我們人生標準的答案，但人生有標準答案嗎？

當一隻羊決定離開牧場，需要多大的勇氣啊！

問答時間

窗外是
最適合逃亡的下午
背向陽光
所有應該順理成章的
好奇，在教室裡
被苦悶
無情的扼殺

有些答案
永遠地
被問題框住了

我明白你們
此刻的
沉默與眼神漂移
也是青春的
一種必須

賞析／楊淇竹

〈問答時間〉主題毫不陌生，青春時刻，即是詩想的年紀。

教室、考試框限了學生的青春，在各種問答題目選擇，卻無法選擇自己的時間，看似一種對青春付出的「必須」，猶如壓抑自學科考試的不自由。詩人使用窗外與窗內對比，形塑陽光普照／氣氛沉悶的差異光景，而考卷內的既定答案，無法帶來思考，亦無法逃離，以致「最適合逃亡的下午」反諷窗內對抗考卷種種的時間流逝，與午後的陽光一同虛耗在問答的對峙上。

詩的視角，從「我」的觀察進入「你們」受到束縛的學生，營造一種客觀的評價。首先，可以輕易發現該有的「好奇」之心，不得伸展，並且遭受「扼殺」及無情對待，這是詩人對於目前教育的批評。體制下，「沉默與眼神漂移」的學生，似乎共同以心照不宣的默契來應對考試，沉默也是他們面對考試的方式。因為是無法逃開被安排在教室裡的命運，所以游移眼神詮釋考卷選擇的不確定感，正好呼應詩開頭「逃亡」的想望，和最後只能關禁閉的青春。

〈問答時間〉刻畫的時間氛圍頗為特殊。時間一詞雖然已在詩題揭示，但在教室內的時間比選擇問與答還要漫長。詩人從窗外恣意的時間，向內聚焦窗內考試的時間，再停滯於寫作題目的時間，總括了青春的全部時間，一層層對詩的時間敘事進行探索，也有如對問答的是非題作答。

人權的面孔

有人握手合照
他們逃離且徹夜未眠
有人同桌舉杯
她們懷抱瞳孔放大的嬰孩
有人渴望寫一頁歷史
他們揮動曾是鮮紅色的旗幟
有人痛斥踰越的規範
她們口鼻面容仍要蒙上黑紗
有人投票推翻異已
他們在銅像腳下熱烈歌舞
有人買賣
她們被買賣

有人努力貢獻世界和平
或者不和平
暫時，至少此刻
看似與所有的他們無關

賞析／林鷺

關於「人權」這個名詞，在舉世號稱講求民主的時代並不陌生。十八世紀法國民主主義大思想家盧梭，就以主張人類應生而自由的「天賦人權」說，享譽至今。不幸的是，他的理想放在二十一世紀，多數政權經由人民選舉產生的政治體制，掛羊頭賣狗肉的國家仍然比比皆是。

「人權」在很多國家其實是不能明說的禁忌，「人權」受到迫害的最大來源則在於不透明的國家機器。我推測這首〈人權的面孔〉是來自詩人熟悉過往人權事件的歷史軌跡，或者觀察當今世界政治腐敗不堪的陰暗面，有感而發所寫下的詩作。

讀者仔細閱讀這首詩，很容易就可以發現，詩的主角是以「有人」的模糊指稱，賦予兩造對立，無法清晰的面孔，而這並列同等位置的主角，也很容易就被聯想到事涉人權的統治者與被統治者雙方。詩的情境在暗指掌權的一方，相互杯酒言歡，暗自妥協交好；而被統治的一方，卻是動盪逃難，連手抱的嬰孩都可能面臨死亡。對比雙方處境的兩極差異，讀者可以自然感受人權在隱微處被踐踏的悲情。然而，這首詩也從價值觀上展現人類有被壓迫後，挺身爭取人權的偉大情操，可資對比統治者心性奸詐猥瑣，無所不用其極的權力墮落，雖然這種對抗總是避免不了出賣者與被出賣者角力下必然產生的悲劇。

詩最後一段的用意提醒：目前我們所享有的人權與自由，看似和當年的壓迫者與被壓迫者無關，盱衡內外情勢，卻可能存在只是「暫時」安享的疑慮。

語言文學類　PG2538　文學視界130

詩想少年

編　　者／林鷺、陳秀珍、楊淇竹
責任編輯／陳彥儒
圖文排版／周好靜
封面設計／劉肇昇

發 行 人／宋政坤
法律顧問／毛國樑　律師
出版發行／秀威資訊科技股份有限公司
114台北市內湖區瑞光路76巷65號1樓
電話：+886-2-2796-3638　傳真：+886-2-2796-1377
http://www.showwe.com.tw
劃撥帳號／19563868　戶名：秀威資訊科技股份有限公司
讀者服務信箱：service@showwe.com.tw
展售門市／國家書店（松江門市）
104台北市中山區松江路209號1樓
電話：+886-2-2518-0207　傳真：+886-2-2518-0778
網路訂購／秀威網路書店：https://store.showwe.tw
國家網路書店：https://www.govbooks.com.tw

2021年7月　BOD一版
定價：220元

讀者回函卡

國家圖書館出版品預行編目

詩想少年/林鷺, 陳秀珍, 楊淇竹編. -- 一版. -- 臺北市 : 秀威資訊科技股份有限公司, 2021.07
面； 公分. -- (語言文學類 ; PG2538)(文學視界 ; 130)
BOD版
ISBN 978-986-326-924-3(平裝)

863.3 110009564